共和国故事

阳光雨露

——免费培训农村富余劳动力工程启动

陈秀伶 编写

吉林出版集团股份有限公司

图书在版编目（CIP）数据

阳光雨露：免费培训农村富余劳动力工程启动/陈秀伶编. —
长春：吉林出版集团股份有限公司，2009.12

（共和国故事）

ISBN 978-7-5463-1926-1

Ⅰ. ①阳… Ⅱ. ①陈… Ⅲ. ①纪实文学－中国－当代 Ⅳ. ①I25

中国版本图书馆 CIP 数据核字（2009）第 237730 号

阳光雨露——免费培训农村富余劳动力工程启动

YANGGUANG YULU　MIANFEI PEIXUN NONGCUN FUYU LAODONGLI GONGCHENG QIDONG

编写　陈秀伶

责任编辑　祖航　李娇

出版发行　吉林出版集团股份有限公司

印刷　三河市嵩川印刷有限公司

版次　2010 年 1 月第 1 版　　　　2022 年 1 月第 9 次印刷

开本　710mm×1000mm　1/16　　印张　8　字数　69 千

书号　ISBN 978-7-5463-1926-1　　定价　29.80 元

社址　吉林省长春市福祉大路 5788 号

电话　0431－81629968

电子邮箱　tuzi8818@126.com

版权所有　翻印必究

如有印装质量问题，请寄本社退换

前　言

自 1949 年 10 月 1 日中华人民共和国成立至今,新中国已走过了 60 年的风雨历程。历史是一面镜子,我们可以从多视角、多侧面对其进行解读。然而有一点是可以肯定的,那就是,半个多世纪以来,在中国共产党的领导下,中国的政治、经济、军事、外交、文化、教育、科技、社会、民生等领域,都发生了深刻的变化,中国人民站起来了,中华民族已屹立于世界民族之林。

60 年是短暂的,但这 60 年带给中国的却是极不平凡的。60 年的神州大地经历了沧桑巨变。从开国大典到 60 年国庆盛典,从经济战线上的三大战役到经济总量居世界第三位,从对农业、手工业、资本主义工商业的三大改造到社会主义市场经济体制的基本确立,从宜将剩勇追穷寇到建立了强大的国防军,从废除一切不平等条约到独立自主的和平外交政策,从"双百"方针到体制改革后的文化事业欣欣向荣,从扫除文盲到实施科教兴国战略建设新型国家,从翻身解放到实现小康社会,凡此种种,中国人民在每个领域无不留下发展的足迹,写就不朽的诗篇。

60 年的时间在历史的长河中可谓沧海一粟。其间究竟发生了些什么,怎样发生的,过程怎样,结果如何,却非人人都清楚知道的。对此,亲身经历者或可鲜活如昨,但对后来者来说却可能只是一个概念,对某段历史的记忆影像或不存在,或是模糊的。基于此,为了让年轻人,特别是青少年永远铭记共和国这段不朽的历史,我们推出了这套《共和国故事》。

《共和国故事》虽为故事,但却与戏说无关,我们不过是想借助通俗、富于感染力的文字记录这段历史。在丛书的谋篇布局上,我们尽量选取各个时代具有代表性或深具普遍意义的若干事件加以叙述,使其能反映共和国发展的全景和脉络。为了使题目的设置不至于因大而空,我们着眼于每一重大历史事件的缘起、过程、结局、时间、地点、人物等,抓住点滴和些许小事,力求通透。

历史是复杂的,事态的发展因素也是多方面的。由于叙述者的视角、文化构成不同,对事件的认知或有不足,但这不会影响我们对整个历史事件的判断和思考,至于它能否清晰地表达出我们编辑这套书的本意,那只能交给读者去评判了。

这套丛书可谓是一部书写红色记忆的读物,它对于了解共和国的历史、中国共产党的英明领导和中国人民的伟大实践都是不可或缺的。同时,这套丛书又是一套普及性读物,既针对重点阅读人群,也适宜在全民中推广。相信它必将在我国开展的全民阅读活动中发挥大的作用,成为装备中小学图书馆、农家书屋、社区书屋、机关及企事业单位职工图书室、连队图书室等的重点选择对象。

编　者

2010 年 1 月

目　录

目　录

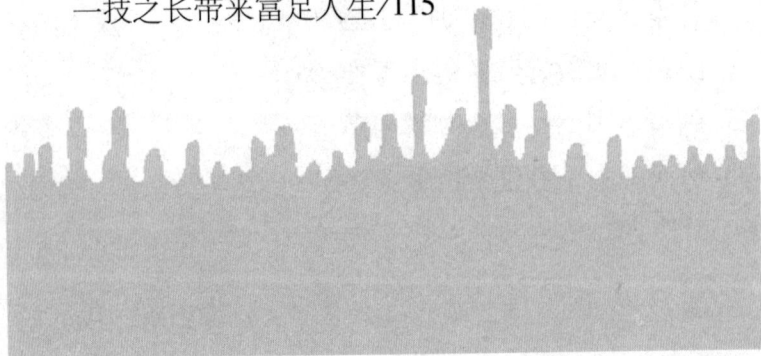

一、 政策出台

● 《2003 年—2010 年全国农民工培训规划》中指出：职业技能培训是提高农民工岗位工作能力的重要途径，是增强农民工就业竞争力的重要手段。

● 胡锦涛指出："放手让一切劳动、知识、技术、管理和资本的活力竞相迸发，让一切创造社会财富的源泉充分涌流，以造福于人民。"

● 温家宝指出："要通过发展各级各类教育，把巨大的人口压力转化为丰富的人力资源，努力构建人人享有学习和成才机会的学习型社会。"

中央制定农民工培训规划

2003 年 9 月 9 日，按照党中央、国务院有关会议和文件要求，农业部、劳动保障部、教育部、科技部、建设部、财政部，联合下发了《2003 年—2010 年全国农民工培训规划》。

这是为贯彻落实党的十六大精神和"三个代表"重要思想，提高农民工素质和就业能力，进一步促进农村劳动力向非农产业和城镇转移而特别制定的农民工培训规划。

自改革开放以来，我国通过发展乡镇企业和促进劳动力跨区域流动就业，加快了农村城镇化的进程，促进了城市的发展。

农村劳动力转移，已成为推动城乡经济协调发展的重要途径。

我国是人口大国，农村富余劳动力转移就业的任务是非常艰巨的。

农村劳动力素质一般不高，缺乏劳动技能，影响向非农产业和城镇的转移，难以在城镇中实现稳定就业。

在跨地区进城务工的农民中，有相当数量的人员没有稳定的职业和居所。

在 2001 年新转移的农村劳动力中，受过专业技能培训的只占 18.6% 。

随着经济发展水平的提高和新兴产业的兴起，缺乏转岗就业技能的农村富余劳动力的就业难度越来越大。因此，农民工素质亟待提高。

为此，国家六部委专门制定了《2003 年—2010 年全国农民工培训规划》（以下简称《规划》）。

《规划》制定的培训的主要任务是：

开展引导性培训。

引导性培训主要是开展基本权益保护、法律知识、城市生活常识、寻找就业岗位等方面知识的培训。目的在于提高农民工遵守法律、法规和依法维护自身权益的意识，树立新的就业观念。

引导性培训主要由各级政府，尤其是劳动力输出地政府，统筹组织各类教育培训资源和社会力量来开展。

引导性培训要通过集中办班、咨询服务、印发资料以及利用广播、电视、互联网等手段多形式、多途径灵活开展。

开展职业技能培训。

职业技能培训是提高农民工岗位工作能力的重要途径，是增强农民工就业竞争力的重要手段。

根据国家职业标准和不同行业、不同工种、不同岗位对从业人员基本技能和技术操作规程的要求，安排培训内容，设置培训课程。

职业技能培训以定点和定向培训为主，当前的培训重点是家政服务、餐饮、酒店、保健、建筑、制造等行业的职业技能。

职业技能培训主要是在各级政府的引导和支持下，由各类教育培训机构、行业和用人单位开展。

鼓励和支持社会力量尤其是一些具有特色的民办培训机构开展职业技能培训。

对具备相应条件并有创业意向的农民工开展创业培训，提供创业指导。

《规划》还指出：

做好农民工培训工作的督促检查。

各级政府和有关部门要督促检查农民工培训计划的落实，保证培训经费的及时到位，加强对政府扶持项目的评估。

对各类教育培训机构和用工单位要加强监督和规范，防止借培训之名，对农民工乱收费，损害农民工的合法权益。

具体监督检查办法由农业部会同教育部、

财政部、劳动保障部、科技部、建设部制定。

此外，《规划》还对农民工培训的组织领导、资金投入、农民工培训激励政策、就业准入制度、教育培训资源、农民工培训服务工作等方面，做了详细的规划。

《2003年—2010年全国农民工培训规划》的实施，力求让更多的农民通过接受专业技能培训，找到适合自己的工作，增加收入，改善生活水平。

召开全国人才工作会议

2003 年 12 月 19 日至 20 日，中共中央、国务院在北京召开全国人才工作会议。

中共中央总书记、国家主席胡锦涛在会上发表重要讲话。

中共中央政治局常委吴邦国、温家宝、贾庆林、曾庆红、吴官正、李长春、罗干出席了这次会议。

出席这次会议的中央领导同志还有王兆国、回良玉、刘云山、贺国强、曾培炎、王刚、何勇、路甬祥、唐家璇、华建敏、陈至立、肖扬、贾春旺、王忠禹、刘延东、陈奎元、徐匡迪等。

中国科学院、江苏省、四川省、北京大学、中国航天科技集团公司等 5 个单位，在会上发言。

各省、自治区、直辖市党委和政府、副省级城市和新疆生产建设兵团党委负责同志，以及组织、人事、劳动保障部门负责同志，中央和国家机关、军队驻京各大单位负责同志，中央管理的部分国有重要骨干企业和 21 所高校负责同志，出席了这次会议。

胡锦涛强调指出：

人才问题是关系党和国家事业发展的关键

问题。

全党同志必须从全局和战略的高度，以高度的政治责任感和历史使命感，把实施人才强国战略作为党和国家一项重大而紧迫的任务抓紧抓好，努力造就数以亿计的高素质劳动者、数以千万计的专门人才和一大批拔尖创新人才，建设规模宏大、结构合理、素质较高的人才队伍，充分发挥各类人才的积极性、主动性和创造性，开创人才辈出、人尽其才的新局面，大力提升国家核心竞争力和综合国力，为全面建设小康社会和实现中华民族的伟大复兴提供重要保证。

胡锦涛在讲话中指出：

实施人才强国战略，是抓住和用好重要战略机遇期、应对日益激烈的国际竞争的必然要求，是全面建设小康社会、开创中国特色社会主义事业新局面的必然要求，是增强党的执政能力、巩固党的执政地位的必然要求。

胡锦涛强调：

做好人才工作，落实好人才强国战略，必

须以马克思主义为指导，从当代世界和中国深刻变化着的实际出发，根据党和国家事业发展的迫切需要，解放思想、实事求是、与时俱进，树立适应新形势新任务要求的科学人才观。

要牢固树立人才资源是第一资源的观念，充分发挥人才资源开发在经济社会发展中的基础性、战略性、决定性作用。

要牢固树立人人都可以成才的观念，坚持德才兼备原则，把品德、知识、能力和业绩作为衡量人才的主要标准，不唯学历，不唯职称，不唯资历，不唯身份，努力形成谁勤于学习、勇于投身时代创业的伟大实践，谁就能获得发挥聪明才智的机遇，就能成为对国家、对人民、对民族有用之才的社会氛围，创造人才辈出的生动局面。

要牢固树立以人为本的观念，把促进人才健康成长和充分发挥人才作用放在首要位置，努力营造鼓励人才干事业、支持人才干成事业、帮助人才干好事业的社会环境，放手让一切劳动、知识、技术、管理和资本的活力竞相迸发，让一切创造社会财富的源泉充分涌流，以造福于人民。

温家宝在讲话中指出：

国家兴盛，人才为本；人才培养，教育为本。开发人才资源必须优先发展教育。要通过发展各级各类教育，把巨大的人口压力转化为丰富的人力资源，努力构建人人享有学习和成才机会的学习型社会。

坚持培养和引进并举，加大引进海外智力和人才的工作力度，吸引海外留学人员回国创业和为国服务。

要改革人才工作体制，创新人才工作机制。不论资排辈，不任人唯亲，坚持公开、平等、竞争、择优的原则，不拘一格选拔和任用人才。

温家宝说：

"国家大事，唯赏与罚。赏当其劳，无功者自退；罚当其罪，为恶者咸惧。"

要建立赏罚分明的机制，从根本上形成良好的风气。要关心人才，爱护人才，支持人才干事业。

对待人才，要指导他们，使他们敢于创造性地开展工作；要提高他们，使他们通过学习不断提高水平；要正确对待他们，鼓励人才出成就，也允许人才犯错误，并帮助他们改正；

要严格要求他们，加强自律；要照顾他们的生活。

党中央、国务院召开的这次全国人才工作会议，是一次具有全局指导意义的会议。

胡锦涛和温家宝的重要讲话，对于提高认识、统一思想、明确任务、推动工作，进一步实施人才强国战略，进一步贯彻党管人才原则，进一步营造尊重劳动、尊重知识、尊重人才、尊重创造的环境，进一步把我们党建设成为优秀人才高度密集的执政党，把我们国家建设成为人才资源强国，推进全面建设小康社会的历史进程，产生了重要而深远的指导作用。

中央召开农村工作会议

2003 年 12 月 25 日，中央农村工作会议在北京闭幕。

这次会议以邓小平理论和"三个代表"重要思想为指导，认真学习了胡锦涛关于解决好"三农"问题的重要指示精神，系统总结了 2003 年农业和农村工作，正确分析了当前形势，全面部署了 2004 年农业和农村工作，着重研究了促进农民增收、提高粮食综合生产能力、深化农村改革等问题。

党中央、国务院高度重视这次会议，对开好这次会议提出了明确的要求。

出席这次会议的有各省、自治区、直辖市党委、政府，以及计划单列市分管农业和农村工作的负责人，新疆生产建设兵团负责人，中央和国家机关有关部门的负责人等。

这次会议讨论了《中共中央、国务院关于促进农民增加收入若干政策的意见（讨论稿）》。

会议指出：

当前，我国农业和农村经济正处在新的发展阶段。

党中央、国务院作出了推进农业和农村经

济结构战略性调整的重大决策，提出了要把增加农民收入作为中心任务和基本目标，制定了多予、少取、放活的方针，采取了一系列政策措施，农业和农村经济发展取得了巨大成就。

会议强调：

农业和农村经济发展进入新阶段，农产品供求关系、农村劳动力就业格局和转移动因、农民增收的主要来源、农村发展对城镇和国民经济的依赖程度、中国农业与世界农业的关联程度、农业和农村发展的内涵都发生了重大的变化。

这既为农村经济社会发展带来了许多新气象和新机遇，也带来了不少新课题和新挑战，对农村经济增长方式、运行机制和管理体制的转变提出了新要求和新任务。

会议指出：

解决农民增收问题，既是当前紧迫而繁重的任务，也是今后长期而艰巨的任务；既是农村工作的基本目标，也是整个经济工作的重大课题。

随着新阶段农业和农村经济发展的环境、条件和任务的变化，促进农民增收的思路和方式也要及时作出相应的调整。

增加农民收入，必须采取更加直接、更加明确、更加有力的措施。

会议对促进农民增收，提出了4项要求：

一是推进结构调整，壮大县域经济，充分挖掘内部增收潜力。

二是加强技能培训，改善就业环境，努力拓展外部增收空间。

三是加大扶持力度，调整投入结构，积极发挥国家政策对农民增收的导向和带动作用。

四是认真落实政策，放活农村经济，充分调动农民自主创业和增收的积极性。

此次会议的召开，为农民尽快改善生活质量，提出了明确的发展方向，而"加强技能培训，改善就业环境，努力拓展外部增收空间"，则成为启动"阳光工程"的重要指导思想。

中共中央国务院下发一号文件

2004年2月8日，《中共中央国务院关于促进农民增加收入若干政策的意见》（以下简称《意见》）2004年1号文件正式公布。

《意见》指出，全党必须从贯彻"三个代表"重要思想，实现好、维护好、发展好广大农民群众根本利益的高度，进一步增强做好农民增收工作的紧迫感和主动性。

《意见》指出：

> 在党的十六大精神指引下，2003年各地区、各部门按照中央的要求，加大了解决"三农"问题的力度，抵御住了突如其来的非典疫情的严重冲击，克服了多种自然灾害频繁发生的严重影响，实现了农业结构稳步调整，农村经济稳步发展，农村改革稳步推进，农民收入稳步增加，农村社会继续保持稳定。

> 同时，应当清醒地看到，当前农业和农村发展中还存在着许多矛盾和问题，突出的是农民增收困难。

《意见》强调：

农民收入长期上不去，不仅影响农民生活水平提高，而且影响粮食生产和农产品供给；不仅制约农村经济发展，而且制约整个国民经济增长；不仅关系农村社会进步，而且关系全面建设小康社会目标的实现；不仅是重大的经济问题，而且是重大的政治问题。

《意见》确定，在当前和今后一个时期，做好农民增收工作的总体要求是：

各级党委和政府要认真贯彻十六大和十六届三中全会精神，牢固树立科学发展观，按照统筹城乡经济社会发展的要求，坚持"多予、少取、放活"的方针，调整农业结构，扩大农民就业，加快科技进步，深化农村改革，增加农业投入，强化对农业支持保护，力争实现农民收入较快增长，尽快扭转城乡居民收入差距不断扩大的趋势。

中央再次把农业和农村问题作为中央一号文件下发，充分体现了党中央、国务院在新形势下，把解决"三农"问题作为全党工作重中之重的战略意图。

中央一号文件的公布，是影响我国经济社会生活的一件大事，也是惠及广大农民群众的一件大事。

解决"三农"问题，促进农民增收，不仅是加快农业和农村发展的必然要求，而且是保持国民经济持续快速协调健康发展的必然要求，是实现全面建设小康社会宏伟目标的必然要求，是维护社会稳定和国家长治久安的必然要求。

在此《意见》的指导下，中央有关部门加快了解决农民增收问题的步伐。

"阳光工程"正式启动

2004年4月7日上午，农业部、财政部、劳动和社会保障部、教育部、科技部、建设部，在人民大会堂宣布："农村劳动力转移培训阳光工程"正式启动。

农业部副部长张宝文、财政部部长助理冯淑萍、劳动和社会保障部副部长张小建，以及教育部副部长吴启迪，出席了"阳光工程"启动仪式，并做了重要的讲话。

启动仪式，由农业部科技教育司司长张凤桐主持。

开展农村劳动力转移培训，是加快农村劳动力转移、促进农民增收的重要环节，也是提高农民就业能力、增强我国产业竞争力的一项重要的基础性工作。

为落实中央一号文件和《2003年—2010年全国农民工培训规划》，提高农村劳动力素质和就业技能，加快农村劳动力的转移，促进农民增收，农业部等六部委共同组织实施了这项培训工程。

"阳光工程"分3个阶段实施：

> 2004年至2005年，重点支持粮食主产区、劳动力主要输出地区、贫困地区和革命老区开展短期职业技能培训，探索转移培训工作机制，为大规模开展转移培训奠定基础。培训转移农

政策出台

村劳动力500万人，年培训250万人。

2006年至2010年，在全国大规模开展职业技能培训，建立健全农村劳动力转移培训机制，加大农村人力资源开发力度，培训转移农村劳动力3000万人。

2010年以后，按照城乡经济社会协调发展的要求，进一步扩大培训规模，提高培训层次，使农村劳动力的科技文化素质总体上与我国现代化发展水平相适应。

农业部副部长张宝文表示，为加强"阳光工程"的组织领导，有关部委共同成立了全国农村劳动力转移培训"阳光工程"指导小组，负责对各地组织实施"阳光工程"进行业务方面的指导，各地也成立了相应的管理机构，对此进行组织指导。

"阳光工程"的实施，让更多的农民掌握了技术，增强了就业竞争力，让受训的农民真正享受到了"阳光工程"的温暖，为推动农村富余劳动力转移就业，作出了很大的贡献。

二、 组织实施

● 湖南省委副书记戚和平要求：把农民受益作为实施"阳光工程"的出发点和归宿，特别强调要把责任落实作为实施好"阳光工程"的重要保证。

● 贵州省农业厅副厅长王臣礼说："参加过'阳光工程'培训的学员就业后，为人多地少的我省农村，另辟出一条农民持续增收的途径。"

● 广西农业厅副厅长郑恒受说："广西将强化措施，整合资源，形成合力，加大培训力度，提高转移质量，努力打造农村劳动力转移培训的地方品牌。"

河北架起农民增收的桥梁

2004 年 5 月 16 日，河北省农村劳动力转移培训"阳光工程"正式启动。

劳动保障部副部长刘永富、河北省副省长付双建，出席启动仪式并讲话。

省政府于万魁副秘书长及省劳动保障厅、农业厅、财政厅、教育厅、建设厅等部门的负责同志，中央驻冀及省直十多家新闻单位，参加了启动仪式。

国家六部委《关于组织实施农村劳动力转移培训"阳光工程"的通知》下发后，河北省委省政府高度重视，多次召开专题会议，研究部署农村劳动力转移培训和劳务输出工作，省政府办公厅出台了《关于做好农村劳动力劳务输出工作的通知》。

2004 年 5 月，经省政府同意，省劳动保障厅、农业厅、财政厅、教育厅、科技厅、建设厅等部门，联合下发了《关于组织实施农村劳动力转移培训"阳光工程"的通知》，成立了河北省"阳光工程"领导小组，由副省长付双建任组长，有关部门主管领导为成员，办公室设在省劳动保障厅。

6 月 10 日，河北省政府召开了河北省农村劳动力转移培训"阳光工程"启动仪式暨项目培训工作会议。会议由省政府副秘书长于万魁主持。

国家劳动和社会保障部刘永富副部长、河北省政府付双建副省长、省劳动和社会保障厅刘志金厅长、省"阳光工程"领导小组成员，以及各市"阳光工程"办公室的负责人和成员单位的处长、科长、新闻单位记者，共计150余人参加了会议。

在这次会议上，付双建、刘永富做了重要讲话，省"阳光工程"办公室主任、省劳动保障厅副厅长田芬，对本省"阳光工程"的实施提出了要求，并进行了全面的部署。

农业、财政、教育、建设等部门的主管领导，先后做了表态性发言。这次会议的举行，标志着河北省"阳光工程"全面启动。

为把"阳光工程"真正落到实处，河北省各市、县政府，先后制定出台了实施细则，成立了以政府主管领导，即以副市长、副县长为组长，以劳动保障、农业、财政、教育、科技、建设等部门为成员的领导小组及办事机构，制定了将"阳光工程"的任务目标与年终考核相挂钩的考核办法。

各市、县政府，认真贯彻省政府关于农村劳动力转移培训"阳光工程"精神，相继召开专门会议，启动"阳光工程"，并制定培训计划和实施方案。

同时，各级"阳光工程"办公室建立健全各项规章制度，明确任务和各部门的职责，设立了专线电话，确

组织实施

定了办公地点，配备了专职人员，形成了由县政府统筹、乡、镇政府组织、培训基地承办、就业服务机构输出就业的协调有效、相互配合的工作格局，使河北省农村劳动力转移培训工作扎实、稳步地开展起来。

来自农村的宋修银说，他每次到开展"阳光工程"的培训地，总是思潮澎湃。

宋修银从小就理解父母的艰辛和不易，所以，在他懂事后，一直都有一个愿望：提高父母的科学文化素质，使他们成为有文化、懂技术、会经营的新型农民，促进农业科技进步和农村经济社会发展，让全家早日走上小康之路。

宋修银说，"新型农民科技培训工程""阳光工程"等多项农民培训工作，大大促进了农民根据市场需求科学种田、科学养殖水平的提高，增强了农民转移就业的能力。

农民培训工作的深入开展，使许多农民掌握了一技之长，无论是在家种田还是外出务工，千千万万的农民闯出了一片新天地。

宋修银说：

> 我们家对"阳光工程"情有独钟，它给我们家的生活带来了质的变化，是无法用文字表明的。
>
> ……

走进阳光培训，我父亲仿佛喝到一杯甘甜的清泉……

　　宋修银说，因为自己家在农村，急需这样的培训来指导和帮助父母和乡亲们更好地从事农业生产。

　　宋修银感谢"阳光工程"，并说："珍爱人民的'阳光工程'必定会得到广大人民的厚爱。"

　　在河北省泊头市，有 5 万多名农民穿梭在农田和工厂之间，既不荒废土地，又不闲置手艺，被人们形象地称为"两栖"农民。这些农民是上班进车间，下班忙农活儿。

　　如此多的农民能在家门口务工，得益于泊头市委、市政府发展特色工业的务实举措。

　　泊头铸造业历史悠久，是闻名全国的"铸造之乡"，多年前就形成了铸造机械、环保设备和汽车模具三大特色产业。

　　围绕这 3 个特色产业，泊头市在项目推介和引进时，注重补足产业链条上的缺项，建成了一批符合本地人力资源和产业特点的项目，还按照集群发展的思路，积极建设乡镇工业小区。

　　交河镇的铸造和工量具工业区、四营镇的环保设备工业区、富镇的汽车配件工业区等，快速成长壮大，为当地农民提供了大量就业岗位。

　　随着特色产业的规模扩张和用工需求的增加，泊头市越来越重视对农村富余劳动力的技术培训。

全市 12 个乡镇和 3 个街道办事处，都建立了劳动就业服务所，劳动力资源数据库已覆盖了全部 575 个村庄。

就业培训中心、氩弧焊培训学校等十多所学校，被打造成"阳光工程"培训基地，按照企业订单编写教材，专业涉及数控、电工等十多个工种，相当于在农田和工厂之间架起了一座桥梁，大大提高了就业的针对性和成功率。

"阳光工程"的实施，让更多的农民学到了技术，增加了收入，人民从心底里感谢政府实施的这一贴心的"阳光工程"。

海南省进行示范性培训

2004 年 6 月 1 日，海南省有关部门在海口市举办中西部 11 个贫困县、市农村劳动力转移培训班，标志着海南省农村劳动力转移培训"阳光工程"正式启动。

这次培训班是从中西部 11 个市县农村中，没有劳动力外出务工的贫困家庭，招收年龄 18 至 25 岁、具有初中以上文化程度、思想品德好、能吃苦耐劳的农村青年共 600 人，由 10 所有特色的职业学校承办，开设 12 种岗位的培训，进行为期一个月的职业技能培训。

2004 年 7 月 14 日，21 岁的陈珍蝶和另外 8 名同学到海口琼苑宾馆上班。

陈珍蝶是海南省首批大规模农村劳动力转移培训班的学员，经过一个月的酒店服务培训后，7 月 14 日这一天开始正式上岗。

从 2004 年 6 月 1 日开始，在海南省政府的领导下，省农业厅、财政厅、教育厅、人事劳动保障厅、科技厅、建设厅，联合成立农村劳动力转移培训"阳光工程"指导小组，负责全省农村劳动力的转移培训工作，对各地组织实施"阳光工程"进行业务指导。

培训以短期技能培训为重点，辅助开展引导性培训，培训时间 10 至 90 天不等。

海南省各市、县根据国家各个职业技能标准和就业岗位的要求，安排培训内容，设置培训课程。

结合本省的实际情况，首次培训重点是家政服务、餐饮、保健、建筑、制造、服装、运输、修理、制药、农产品加工、旅游等。

省政府有关部门规定：

凡被认定的教育培训机构，均可申请使用农村劳动力转移培训政府扶持资金，并按规定降低收费标准。

对参加培训的农民工采取多种形式给予补贴或资助。要由农民工自主选择培训单位、培训内容和培训时间，严禁强迫命令，违背农民工意愿。

黄东是海口市东山镇的青年，20 多岁，在海口市金凤凰技工培训学校农民工劳动力转移培训基地接受服装加工培训。

黄东说，是村委会的干部要求他们来参加农民工劳动力转移培训的。他以前没有听说过"阳光工程"，也不知道"阳光工程"是什么。

黄东说，镇政府指定村委会挑选一些青壮年劳动力来培训。参加培训，他们个人要付 140 元，其余的由政府替他们出钱。

黄东说自己原来在家里是和舅舅搞木工的，搞木工比搞服装辛苦多了。所以，他很愿意参加此次培训，努力学好技术。

李誉雄是来自海口市石山镇的青年，原来在家里帮助父亲卖杂货。参加"阳光工程"的培训，是父亲告诉他的。

李誉雄说自己喜欢服装，现在基础学得很不错，基本上都会了，他希望能多学一点，学完了能到服装厂里更好地工作。

李誉雄还介绍说，他们学校实行包干制。每天7时40分上课，11时30分下课，下午14时30分上课，15时30分下课。

根据全国"阳光工程"办公室的要求，海南省有关部门组建了一批农村劳动力转移培训基地。

据各个市县"阳光办公室"上报统计，全省共认定农村劳动力转移培训基地45个，其中公办单位37个，民办机构8个，初步建立起培训体系。

中央财政安排海南省"阳光工程"项目补助资金200万元，海南省财政配套安排"阳光工程"资金200万元，部分培训项目，各个市县根据财力，也安排了一些补助资金。

在这样的情况下，在2004年，有关部门通力合作，开展了农民工的培训工作。

2004年，海南省"阳光工程"主体培训完成2.3万人，经培训转移就业的近两万人，完成了全国"阳光工程"办公室下达的"阳光工程"项目示范性培训任务。

福建举办农村劳动力转移培训

2004 年 6 月 9 日，福建省农办、省财政厅联合在福州市举行了福建省农村劳动力转移培训"阳光工程"启动仪式暨项目管理培训会议。

省"阳光工程"办公室成员单位、各区市和 22 个"阳光工程"示范县、市、区农办分管主任、财政局分管局长，福建电视台、《福建日报》、《福建科技报》等新闻单位记者，共计 100 余人参加了会议。

在启动仪式上，省政府农村工作办公室和省财政厅，分别就"阳光工程"项目实施与管理、"阳光工程"项目资金管理两个专题，向与会人员做了详细的介绍。

福建省清流县东华乡下戈村村民汤生意，在参加县里组织的烹饪培训后，10 月初就在城区开办了"农家酒寨"，生意红红火火。

余朋乡农民陈菊花，参加电瓶车工培训后，举家进城就业，每月增收 400 余元。

福建省浦城县是最早被列为全国农村劳动力转移"阳光工程"培训示范县之一的。

各培训单位紧紧围绕着县工业园区用工、农产品加工龙头企业用工和农业内部转移需求进行培训，帮助一万名农村劳动力，实现了就地就近转移就业，使农民增加了收入，促进了县域经济的发展。

为了加强对"阳光工程"的管理，提高培训质量，县人大方青孙副主任带领县政协、财政局、劳动保障局、农办等相关部门人员组成验收组，于 2008 年 9 月 1 日至 3 日，对浦城县上半年农村劳动力转移"阳光工程"培训情况，进行检查验收。

验收组认真听取了各培训学校开展培训情况的汇报，查阅了培训组织情况、教材教案、考试考核、就业安置及跟踪服务等相关材料。

同时，验收组先后深入仙阳、九牧、永兴、古楼、富岭、水北街及工业园区等多家企业，通过打电话咨询和到企业与受训农民进行面对面交流的方式进行检查和验收。

验收组对各培训学校采取与县工业园区用工对接、与农业产业发展对接、与现代农业内部转移对接，把培训班办到企业、乡村，通过拓宽培训专业、提高培训技能的做法，给予充分肯定。

清流县是全国农村劳动力转移培训示范县，他们在省里提出的"就业扶贫工程"实施过程中，逐家逐户开展农村劳动力资源普查，摸清农村劳动力底数，并以农村低保户、被征地农民、库区移民为就业扶贫重点，组织开展技能培训。

清流县按照方便群众求学的原则，围绕全县发展珠绣、电子、服装加工、旅游、苗木花卉等产业和"就业订单"用工需求，编写教材，安排培训专业和教学点，并采取政府补贴等方法，鼓励农村富余劳动力参训。

与此同时，县里从办班开始，就与用工单位签订就业协议，建立包括培训专业、参训时间、就业单位、联系方式等内容的参训农民培训转移台账，跟踪服务，帮助他们解决遇到的困难，确保农民培训后能够百分百地就业。

通过参加培训，清流县的这些农户向非农产业转移，家庭平均现金收入增长25%。

"就业扶贫工程"的实施，为众多农家带来了很大的实惠，受到了农民的普遍欢迎。

江西多途径创新培训模式

2004年6月16日，江西省农村劳动力转移培训"阳光工程"协调小组，在南昌召开了全省农村劳动力转移培训"阳光工程"项目管理会，标志着江西省大规模开展农村劳动力转移培训工作正式启动。

省政府副省长危朝安出席会议并做了重要讲话。省农业厅、财政厅、劳动和社会保障厅有关领导，到会并分别发言。

上饶市农业局、玉山县农业局、吉安县农业局、资溪县农业局、江西服装学院、赣州农校的代表，分别做了经验介绍。

早在2002年，江西省吉安县被农业部列为全国6个农村劳动力转移培训试点县之一，率先启动了农民工培训工作。

2003年12月，在全省农民教育工作会上，确定了依托"跨世纪青年农民科技培训"项目，将南昌县、玉山县列为省级农民培训示范县。

试点示范县都成立了农村劳动力转移培训领导小组，由县委、县政府主要领导挂帅，县农业部门牵头，县财政局、团委、妇联、教育局、劳动人事局、广播电视局等配合。

领导小组办公室挂靠农业局，下设招生处、培训处、就业处，依托职业学校建立了培训机构，并积极地展开了培训。基本形成了"政府统筹、行业组织、多方参与、重点依托培训单位、实行培训就业一条龙服务"的工作格局，为江西省农村劳动力转移培训的有效方式和转移就业、配套服务、监督管理等有效机制，进行了初步的探索。

在这次"阳光工程"启动会议上，各区、市农业局科教科负责人，各项目县农业局、财政局相关负责人也参加了会议。

在这次会议上，江西省领导对本省实施"阳光工程"进行了工作部署，下发了《实施方案》。

为确保培训质量，确保财政扶持资金足额补助到农民身上，建立了行政领导责任人制度，明确职能分工，一级向一级负责。

县"阳光工程"办公室，向省"阳光工程"办公室当场签订项目责任书，承担"阳光工程"培训任务的培训机构也与县"阳光工程"办公室签订了任务合同，逐级落实责任。

要求各项目实施县，在组织认定培训基地的工作中，要面向各类培训机构公开、公平、公正地进行项目招标，择优确定项目实施单位。

在农民工培训工作中，江西省各地根据市场需求，结合农民工培训的特点，按照企业用工要求开设培训工种、确定培训计划、选择教学内容，并坚持依托教育机构、就近方便农民的原则，创造性地开展农民工培训工作。

首先是建立农民工培训基地。如安远县、浮梁县、南昌县、安源区、玉山县、吉安县、上高县等县，依托县职业中学等培训机构，建立了农民工培训基地，农民自愿报名参加培训。

湖口县委、县政府批准建立了农民工培训基地，并定编3人。

其次是集中培训与流动办班相结合。为了方便农民，把培训班办到农民家门口。

上饶市农业局不仅通过集中办班、咨询服务、印发资料和利用广播、报纸、电视等媒体，多形式多途径地开展引导性培训。而且，还进乡入村上门授课，把培训班办到了农家院。

玉山县在依托基地培训的基础上，举办流动培训班，将培训设备运到乡村，使农民不出门，就能接受技能培训，并且降低了学习成本，深受农民朋友的欢迎。

此外，根据劳务市场需求，开展"订单"培训。各县积极与广东、浙江、江苏等沿海及经济发达的企业联系，了解企业用工情况，落实转移就业岗位，按照用工单位的需要，做到按"订单"开展就业技能培训。

如湖口县与香港金怡服装有限公司等企业，签订服装、电工等就业岗位1500余个。

玉山县与绍兴大发布业有限公司、浙江天圣控股集团公司、江阴市振宏印染有限公司、杭州赛尔美服装有限公司等企业，联系了培训就业岗位5000余个，培训合格学员全部送往用工企业。

资溪县则以面包行业协会这个农村专业合作经济组织，为面包制作技术培训中心。

一批又一批学员通过培训学习，从过去的门外汉变成了技术能手，而且进一步做强做大了资溪面包产业。

同时，培训还利用长、中、短训相结合。如广昌县依托培训基地，面向广东、福建等沿海经济发达地区对技术工人的需求，以促进就业为导向，开设了计算机应用、电子电器、模具钳工、旅游服务、园林管理、食用菌栽培等专业，实行学历教育与技能培训相结合，大力开展一个月内短期培训，积极开展3个月的熟练工培训，结合学历教育，开展一年以上高级工培训。

农村劳动力外出务工就业，流动性大、涉及面广、情况复杂，各地在确保大多数受训农民就业之外，还切实为农民工做好就业后服务工作。

乐平市委、市政府，在浙江省温州市设立了"江西省乐平市驻温州外出务工人员服务中心"，该服务中心成立后，发挥了很好的作用。

浮梁县县政府通过驻外办事处在浙江、福建、广东等沿海发达地区，设立了劳务输出服务站，积极为农民外出务工牵线搭桥。

由于采取了订单培训的方式，农民受训后，大多数都能顺利就业，就业率一般在70%至90%。

经过技能培训后，就业去向有3种类型：一是输出型，主要去向为江苏、浙江、上海、福建、广东等发达地区；二是本地型，农民工培训后，主要就业方向是本县工业园区企业，如湖口县已培训的农民工，有80%是在本县工业园区企业中就业；三是自主创业型，通过培训，农民在掌握了一定的技能后选择自主择业。

特别是不少外出务工农民，在完成资本和经验的双重积累后，又纷纷回到家乡创办实体，以劳务经济反哺当地经济，通过"输出劳动力，引回生产力"，"外出一人"，不仅"致富一家"，而且"致富一地"，为当地经济的发展注入了强大的活力。

贵州培训过程网络化

在经过一段时间的筹备，贵州省农村劳动力转移培训"阳光工程"完成了培训规划制定、培训基地认定、培训任务的分解和阳光工程组织机构建设等准备工作。

随后，在 2004 年 6 月 24 日，在贵阳召开"贵州省 2004 年农村劳动力转移培训'阳光工程'启动暨项目管理培训会"。

省政府办公厅、省农业厅、省财政厅、省劳动和社会保障厅、省教育厅、省建设厅、省科技厅等部门的领导出席会议，并做了讲话。

来自全省 9 个市、州、地农业局分管局长、"阳光工程"办公室负责人和 13 个县、市、区"阳光工程"办公室负责人，参加了这次会议。

在这次会议上，省农业厅副厅长王登齐，就如何提高对实施农村劳动力转移培训"阳光工程"重要性的认识、明确目标，强化措施，抓好"阳光工程"的落实、加强组织协调，确保"阳光工程"的顺利实施等方面，提出了具体要求：

要充分发挥好部门的综合作用，建立有效的管理机制，要充分发挥政府部门的服务功能，省"阳光工程"办公室要做好有关方面的协调服务工作，针对农民的要求以及培训中出现的问题，进行有效的指导，及时加以解决。

王登齐强调：

要提高对实施"阳光工程"重要性的认识，增强责任感、紧迫感；明确目标，强化措施，抓好"阳光工程"的落实，特别是要强化县级培训工作的组织领导；加强协调，充分发挥各部门的职能作用，建立有效的管理机制，做好监管、服务工作。

都匀、开阳、罗甸、玉屏等市、县就农村劳动力转移培训工作，做了交流发言。

省"阳光工程"办公室负责同志，就实施"阳光工程"重点工作进行了安排部署。

会议认为，当前各市、县"阳光工程"办公室，要重点抓紧做好培训基地培训内容、收费标准的公告；要积极争取当地党委、政府的高度重视和支持，落实财政专项资金；要加强和有关部门的协调合作，做好信息交流等方面工作；要加强宣传报道，扩大影响。

会议强调，各市、州、地要贯彻落实本次会议精神，"阳光工程"办公室要将本次会议精神向部门党组做专题汇报，抓紧"阳光工程"的全面实施。

省"阳光工程"办公室实行"向外输出与就地转移并重"策略，抓好实训和岗前操作环节，强化与龙头企业对接机制，以"阳光工程"为平台，开展以校企合作、订单培训为重点的就近转移，提高转移就业率，实现由农民向技术工人的转化。

毕节地区、黔南自治州分别与上海科茂有限公司、香港联亚集团合肥制衣有限公司、上海杰克有限公司等联系，并进行洽谈。

联亚集团承诺，毕节地区输出的劳工在联亚接受培训后，优秀学员可回乡当教员，把车工培训基地办成一所专门学校，打造自己的劳务品牌，让更多农村青年走向工厂。

黔南州福泉市"阳光办"经多次实地考察，选定广东东莞新亚电线电缆有限公司，为农民工输出企业，为其培训急需的电子操作工。

培训合格后，由新亚公司来人来车，直接安排到厂就业，福泉市职业培训中心派专人护送。

通过用工信息平台、培训平台、生源平台的建设，黔南州构筑起农村劳动力培训转移体系，实现"阳光工程"培训全过程网络化，使培训延伸至乡镇村组。

通过选准优秀企业、培训合格员工、保证就业稳定、促进员工发展的一系列措施，创出黔南"阳光工程"的品牌。

不少广东企业主动到黔南联系，与当地培训机构签订"就业和培训合作"协议，建立"劳动力＋培训＋就业"的良好合作关系，为农村富余劳动力有序输出，搭建了牢固平台。

黔西南州"阳光办"，组织输送经过培训的学员到珠三角和长三角就业，接着又组织各培训基地负责人到广东深圳、福建泉州、上海、北京等用工较多的发达地区，考察用工单位、职业介绍所的情况。

同时，对已输出学员在用工单位的工作生活情况，进行跟踪访问。

黔西县"阳光办"还与苏州高新技术开发区、福建石狮市达成劳务输出协议；纳雍县"阳光办"和织金县培训中心则奔赴长三角、珠三角进行劳务考察、签订用工协议，多次组织劳务输出，由政府补贴路费，深受农民欢迎。

将"阳光工程"在基层学校实施，是黔西南州的特色和突破口。

"阳光办"把重点放在未能升学的农村初、高中毕业生当中，首先进行引导性培训，愿意外出务工的再进行示范性培训，并安排外出就业。

依托信誉好的就业中介组织，搞好就业跟踪服务，让务工者安心工作。

同时，为完成全省沼气建设任务，省"阳光办"要求各市、州、地整合资源、对接市场，以"阳光工程"

为平台，加大农村沼气技能培训力度，培训出的沼气技工深受欢迎，有些地方还出现了争抢技工的现象。

贵州省已开设的培训专业有：机械制造、驾驶与维修、电子电器、计算机应用、焊工、建筑装饰、服装缝纫与加工、餐饮旅游服务、商业营销等十大类。

省委、省政府高度重视农民培训，省政府将"阳光工程"列为省农业厅年度工作考核的主要指标。

农业厅副厅长王臣礼说：

参加过"阳光工程"培训的学员就业后，工资大幅度提高，经培训转移就业人员，月平均工资为800元左右，人均年收入接近7000元。为人多地少的我省农村，另辟出一条农民持续增收的途径。

辽宁培训取得多赢效果

2004年6月25日，辽宁省农村劳动力转移培训"阳光工程"指导小组，在沈阳召开了辽宁省实施"阳光工程"加快农村劳动力转移工作会议。

省农委、财政厅、劳动保障厅、教育厅、科技厅、建设厅的领导，以及各市农发局局长和科教科科长、有关学校的领导和《农民日报》、《辽宁日报》、辽宁电视台等媒体的记者，参加了会议。

相关部门领导在这次会议上做了讲话，有关单位介绍了开展农村劳动力转移培训工作的做法和经验。

辽宁省锦州市各级党委、政府自省农委等部门《关于组织实施辽宁省农村劳动力转移培训"阳光工程"的通知》下发后，提高认识，加强领导，认真实践，积极探索，工作思路清晰，态度积极，方向明确，劳动力转移培训工作呈现了良好的发展局面。

锦州市自上而下建立健全了组织领导机构。市里成立了以市委副书记、代市长刘志强任组长、市政府副市长王广明任副组长、市农委等23个部委办局为成员的"锦州市农村劳动力转移工作领导小组"。

办公室设在市农委，并抽调专人负责日常工作。各县、市、区以及各乡、镇，按照市里的统一部署，相继

组织实施

成立了领导机构，建立了服务组织，形成了全社会参与、各部门齐抓共管的工作态势。

通过各种会议，锦州市传达贯彻了中央和省市关于农村劳动力转移培训"阳光工程"的文件精神。

在"阳光工程"后，锦州市多次召开市委常委会和政府办公会、部门协调会以及各县、市、区"阳光工程"办公室工作汇报会、现场经验交流会等，举办了全市乡长、镇长培训班。

按照省里要求，锦州市落实任务指标，建立健全了指导、监督、检查、信息统计等各项切实可行的管理、考评制度，制定了转移培训实施方案，创办了"简报"。

他们还利用锦州市农业信息网，开设了农村劳动力转移网页，利用电视台、广播电台、报纸，大力宣传有关农村劳动力转移的情况，并进行专题报道，形成了比较浓厚的农村劳动力转移氛围，各项工作顺利展开。

在培训基地的认定工作完成后，各县、市、区根据当地实际，对农广校、技校、职专、职教中心等符合条件的培训单位进行评估，有26家教育机构被确定为锦州市的农村劳动力转移培训基地。

培训内容包括服装加工、餐饮服务、汽车驾驶、美容美发等40余个专业，充分发挥了培训基地的带头作用。

此外，锦州市普遍制定了有利于农村劳动力转移就业的政策措施。

2004 年 8 月 15 日，锦州市委、市政府下发了《关于加快全市农村劳动力转移工作的意见》。

各县、市、区也都结合本地实际，制定了相应的政策措施，建立了劳动力资源库和信息网络，基本上实现了政策保障、资源共享、信息畅通的工作机制。

锦州市农村劳动力转移培训工作采取了多种做法。首先是摸清底数，夯实基础，多形式、多渠道实施"阳光工程"。

凌海市自 2004 年 6 月份"阳光工程"启动以来，就把抓基础性工作作为贯穿"阳光工程"始终的一项主要工作来抓，取得了明显成效。

通过资源调查，摸清了底数，理清了思路，明确了工作方向。

为了有效利用信息资源，凌海市将当年的 5000 多名剩余劳动力的信息资料存入档案，市、乡、村建立了就业信息网，印发用工信息资料 1 万多份。

凌海市确定职教中心等 6 家培训机构，作为劳动力转移培训基地，其培训形式实现多渠道、多样化。

在充分进行市场调研的基础上开展培训，做到培训与市场需求相结合，培训与就业相结合，培训与学历教育相结合。

凌海市先后与省内外十多家用人单位建立了长期输送关系，实行订单培训，注重就业的安全性。

锦州市还做到宣传到位，服务保障，各部门齐抓共管。

黑山县在实施"阳光工程"上，层层下达劳务输出指标，实行目标管理。

同时，县里通过劳务输出机构和服务组织，把农业、劳动、财政、教育、工会、妇联、共青团等有关部门有机地联系在一起，形成了齐抓共管的良好局面。

为了使全社会参与到"阳光工程"这项活动中来，黑山县组织了"黑山人在外地"大型宣传教育活动，通过新闻媒体广泛推介黑山人在外地创业的事迹，在社会上反响很大。

为了让外出务工人员安心工作，县里自上而下建立了劳务输出服务保障组织，县里成立"劳务输出中心"，各乡、镇成立"劳务保障事务所"，各村、社区成立"劳务保障服务站"，形成了较为完善的服务保障机制。

锦州市还兴办企业，活跃市场，就地就近转移安置劳动力。

凌海市大业乡，通过兴办乡镇企业、发展第三产业和调整农业产业结构，为全乡大部分剩余劳动力提供了就业机会，走出了一条自我发展、自我安置、自我服务的新路子。

为保证剩余劳动力的转移就业，大业乡安排了3名专职人员常年抓，配备了微机和打印设备，设立了信息发布板，创办了"简报"。

全乡连续4年免费为农民发送《致富信息》小册子

2.7 万份，还在 41 个村屯设立了信息发布窗口。

2004 年实施"阳光工程"以来，这个乡还新建了 400 平方米的"培训中心"，配备了先进的教学设备，充实了师资力量，把农民科技培训工作搞得有声有色。

锦州市还注意整合资源，盘活资产，使原有培训机构重新焕发生机。

锦州市太和区地处城郊，原有农广校、农机校、职专、职高、电大和再就业培训中心等 6 家大小不等的教育机构。但这些单位规模小、设备差、师资力量不足，直接掣肘着培训工作的正常开展。

为了扭转这一不利的局面，这个区从"阳光工程"的实际需要出发，按照上级的有关政策，对现有培训资源存量进行了整合，将上述 6 个培训单位合并在一起，成立了统一的"区职教中心"，专门承担农民工培训的任务。

资源整合后，该中心将形成 3 个教学区，占地总面积达 40 多亩，建筑面积近万平方米。有 3 个电教室、120 多台电脑，可供百余名学员同时使用。

还有服装加工、水电焊加工、餐饮服务、汽车驾驶维修等规模较大、实力较强的 4 个实验实习基地，对内搞教学，对外搞加工。

实践证明，整合培训资源，不但使这个区的培训资产得以盘活，教育资源得以有效利用，而且对农村劳动力转移培训工作起到了重要的保证作用。

锦州市还加强培训，注重转移，做好跟踪服务。市农民科技教育培训中心非常重视培训质量。

在培训学员中，锦州市农民工吴秋月在百余名报名者中脱颖而出，被北京中兴国际公司录用；北京朝阳区保安公司招用黑山人40名；北京市盛京超市，甚至把4名业务主管的工作也交给了锦州市推荐来的农民工。

北宁市正安镇正二村组织本村150多名农民工，到北京、沈阳、天津、长春等地生产和销售绿豆芽，并逐渐形成了规模。

锦州市大规模转移农村劳动力，收到了政府满意、农民工知足、用人单位高兴的多赢效果。

甘肃放大"阳光培训"效应

2004年6月26日至28日，甘肃省"阳光工程"办公室在兰州市举办了全省农村劳动力转移培训"阳光工程"项目管理培训班，标志着全省"阳光工程"项目全面启动。

全省10个市和32个项目县"阳光工程"办公室和相关单位负责人近100人参加了培训。

培训班重点组织学习了6部委下发的《农村劳动力转移培训"阳光工程"项目管理办法》等文件，讨论《甘肃省农村劳动力转移培训"阳光工程"项目实施意见》，对2004年全省培训转移工作进行了部署和安排。

从2004年开始，甘肃省庆阳市承担实施了由国家农业、财政、劳动保障、教育、科技、建设等6部委组织的农村劳动力转移培训"阳光工程"项目。

在省"阳光办"的大力指导下，通过市、县"阳光办"精心组织，各培训单位认真实施，广大学员积极参与，农村劳动力转移培训工作有秩序地进行着。

庆阳市严格执行项目管理办法，落实质量建设要求，整合培训资源，创新培训输转模式，不断提高培训质量，全面完成了省里下达的"阳光工程"培训任务，探索出了适合庆阳市农村劳动力培训输转工作的新路子。

首先是加强组织领导，落实工作责任。"阳光工程"项目实施以来，庆阳市根据省"阳光办"的要求，成立了由农牧、财政等有关部门负责人为成员的农村劳动力转移培训"阳光工程"项目指导小组和办公室，明确了指导小组和办公室的具体职责。

各县、区也成立了相应的组织机构，为项目顺利实施提供了有力的组织保证。

同时，庆阳市"阳光办"制定下发了《庆阳市"阳光工程"项目实施方案》，把"阳光工程"培训项目任务完成情况列入农牧系统年度目标管理考评内容之中。同各县、区农牧部门签订了目标责任书，同其他业务工作同考核、同奖惩，实行有目标、有方案、有考评、有奖惩，靠实了项目实施工作责任。

同时，严格基地认定，科学分解任务。根据"阳光工程"项目基地认定办法，庆阳市各县、区"阳光办"在广泛开展"阳光工程"项目宣传、公开招标程序与要求的基础上，成立评定小组，对辖区内申请培训单位进行了走访了解和培训条件考察，对各培训单位进行了综合评定。

对经过认定的培训基地，各县、区报请市"阳光办"批准后，及时将培训任务分解下达到各培训基地，并同各培训基地签订了培训任务责任书。

庆阳市还实施了 5 项制度，强化项目监管。市各县、区"阳光办"较好地执行了项目监管 5 项制度，保证了

"阳光工程"项目培训输转工作有序进行。

这5项制度具体内容为：

一是建立公示制度。各县、区"阳光办"利用报纸、电视、网络等各种媒体，向社会公布了各培训单位名称、培训任务、培训专业、培训时间、收费标准、政府补贴标准、就业去向等内容，对外公布了举报电话，接受社会各界监督。

二是执行第一节课制度。在培训班开班第一节课上，"阳光办"的同志能亲自检查招生简章，核实学员身份，讲解国家实施"阳光工程"的重大意义，向农民讲明政府补助金额。

三是建立培训转移台账制度。对参加"阳光工程"培训的每期学员从姓名、年龄、性别、身份证号、文化程度、培训专业、培训时间、家庭住址、补助金额、收费情况、就业单位、联系方式进行了全面登记。

四是实行月报制度。县、区"阳光办"每月统计各培训单位的培训转移名单，及时报送省、市"阳光办"。

五是严格执行检查验收制度。各县"阳光办"在每个培训班次结束时，专门到学校核查，了解培训和就业情况。对就业的学员实行跟踪或深入农户的形式，了解转移就业情况。

各培训基地在完成培训任务后向县"阳光办"提出申请，县"阳光办"组织相关人员对各培训基地项目实施情况进行检查验收，然后进行全面自查。

市"阳光办"根据培训转移台账对各县区培训输转进行了专门核查。

"阳光工程"培训项目的实施，有力地推动了庆阳市农村劳动力的转移就业，农民外出务工，发展劳务经济，已成为该市农民增收致富的"铁杆庄稼"。

农民外出务工工资性收入，成为农民收入的主要来源。

庆阳市 2005 年和 2006 年的调查数据显示，接受"阳光工程"培训转移就业的农民，月均收入 800 元以上，比在家务农的农民收入高出约 400 元，比未受训农民工收入高出约 200 元。

庆阳市许多地方出现了"外出一人、致富一家""外出一群、富裕一方"的劳务输出效应。

山东扎实做好劳务输出工作

2004 年 6 月 28 日，山东省农村劳动力转移培训"阳光工程"会议在聊城召开，这标志着山东省农村劳动力转移培训"阳光工程"正式启动。

省政府陈延明副省长出席会议，并做了重要讲话。省农业厅副厅长庄文忠介绍了全省"阳光工程"的安排和工作情况，并对"阳光工程"实施提出了具体意见。

在这次会议上，省"阳光工程"办公室与"阳光工程"实施县签订任务责任书；县"阳光工程"办公室与培训基地代表签订任务合同；培训基地代表与用工单位签订就业意向合同。

会议还举行了培训基地授牌仪式，并向学员代表发放培训卡和培训券。

省农村劳动力转移培训"阳光工程"指导小组成员单位分管领导和联络员、各市"阳光工程"办公室负责人，以及联络员、财政局农财处、科长、部分项目实施县"阳光工程"办公室负责人、部分培训单位代表和学员等共 150 人参加了此次会议。

会议由山东省财政厅副厅长于国安主持。

陈延明副省长在讲话中指出：

一是要充分认识实施农村劳动力转移培训"阳光工程"的重要意义，增强搞好这项工作的自觉性。

实施"阳光工程"，促进农村劳动力转移就是体现了"以人为本"的科学发展观，是解决"三农"问题、增加农民收入的重要途径，是新时期农村基层组织转变工作方式、服务农民的有益探索。

希望各级、各部门一定要充分认识实施"阳光工程"的重大意义，切实加强组织领导，周密安排部署，把这件事抓紧抓实，切实抓出成效。

二是要突出工作重点，推动"阳光工程"的顺利实施。要求充分发挥市场机制作用，着力在提高培训效率、促进转移就业上下功夫；要注意调动社会多方面的力量，不断扩大教育培训的规模。

三是要切实加强领导，搞好部门配合，做到通力协作，各司其职，齐抓共管，扎扎实实抓好全省农村劳动力转移培训工作，为农民增收作出更大贡献。

山东省农业厅副厅长庄文忠代表"阳光工程"办公室做了总结讲话，并就全省农村劳动力转移"阳光工程"

安排情况、"阳光工程"实施和管理过程中需要注意的几个问题，以及加强部门配合，齐心协力搞好"阳光工程"组织实施工作，做了全面部署。

山东省高密市阚家镇兴仁官庄村的李金刚，参加了由农村劳动力转移"阳光工程"铸造工专业的培训。

经过3个月的培训之后，李金刚在高密众信铸造厂就业。

高密市通过实施农村劳动力转移培训"阳光工程"，将农村剩余劳动力以政府埋单的方式，进行免费的专业技能培训，使其在短期内掌握一门专业技术，并转移到二、三产业，最终实现稳定就业和增收致富。

"阳光工程"指导小组确定了高密市劳动就业培训中心等3个"阳光工程"培训基地，依托基地培训资源优势，开设了铸造、纺织等11个技能培训专业。

通过以订单式为主的短期培训，采取"校企联合、校乡联合"的方式，为农村劳动力转移到城镇和非农产业就业创造了条件。

同时，为需工企业输送和培养一批具有初级专业技能水平的职工队伍，为农民工和企业构建起了平台和桥梁。

济南市历城区郭店镇在加快城市新片区发展过程中，充分认识到实现城市化进程的快速发展，就要积极统筹城乡就业，为农村剩余劳动力提供就业机会。

郭店镇结合实际情况，扎实做好劳务输出的文章，积极推进"走出去"战略。

首先是强化服务，积极开拓劳务输出基地。镇劳动保障服务所积极联络用工单位，为剩余劳动力牵线搭桥。

其次是加强培训，切实提高劳务工的就业能力。把劳务工的职业技能及综合素质培训作为一件大事来抓，针对不同行业、不同工种对从业人员基本技能的要求积极推行"订单式"培训，提高培训的针对性、适用性和实效性。

五莲县在成功获得山东省出口农产品绿卡行动计划项目，以及农村劳动力转移培训"阳光工程"项目后，迅速组织实施，进展顺利。

山东省出口农产品绿卡行动计划项目，由该县农业局组织实施，与宏大食品有限公司协作，主要是在宏大公司实施建设出口农产品绿卡计划示范企业，形成出口蔬菜标准化生产、产业化经营的模式。

"阳光工程"的大力开展，为山东省的经济注入了新的活力，使广大农民的生活也有了较大的改善。

湖南培训妇女多业并举

2004 年 7 月 4 日，湖南省委、省政府召开农村劳动力转移培训"阳光工程"启动电视电话会议。

会议由省政府副秘书长陈吉芳主持，省委副书记戚和平、省政府副省长杨泰波、省委副秘书长段林毅、农业厅厅长余英生、财政厅副厅长石建辉出席会议并讲话。

会议在长沙市设主会场，其余 13 个市、州设分会场。省"阳光工程"领导小组成员，各市、州"阳光工程"领导小组成员，项目县、市、区分管领导和"阳光工程"领导小组办公室主任、财政局分管局长，以及培训单位代表、农民学员代表，共计 600 多人参加了这次会议。

湖南是农业大省，也是农村劳动力输出大省，富余劳动力达 1600 多万人。

为实施好农村劳动力转移培训"阳光工程"，湖南省成立了以杨泰波副省长为组长，省政府副秘书长、农业厅厅长、财政厅厅长、劳动保障厅厅长为副组长，农业、财政、劳动保障、教育、科技、建设农办、妇联、共青团分管领导为成员的省农村劳动力转移培训"阳光工程"领导小组，办公室设在省农业厅。

各市州和项目县、市、区都成立了相应的组织机构。

● 组织实施

按照农业部等 6 部委《关于组织实施农村劳动力转移培训"阳光工程"的通知》要求，经省"阳光工程"领导小组会议研究，将国家 6 部委分配给本省的 16 万培训任务，分解到了 90 个县、市、区。

为确保培训任务的完成，省财政安排配备了 800 万元资金，并要求市州、县财政按中央财政 1：0.3：0.2 的比例，安排配套补助经费，同时要求各级财政适当安排"阳光工程"工作经费。

为规范"阳光工程"的实施，省"阳光工程"办公室制定了《湖南省农村劳动力转移培训"阳光工程"项目管理办法（试行）》《湖南省农村劳动力转移培训"阳光工程"基地认定办法（试行）》。

两个"办法"从项目申报、基地认定、监督实施、经费补贴、检查验收等方面，为"阳光工程"加强监督管理提供了科学和可操作性的依据。

在这次会议上，戚和平副书记要求各级党委、政府，把实施好"阳光工程"作为一件大事来抓，切实做到"三个到位"：

一是思想认识要到位；二是政策扶持要到位；三是工作措施要到位。

戚和平要求：

把农民受益作为实施"阳光工程"的出发点和归宿，特别强调要把责任落实作为实施好"阳光工程"的重要保证。

要求各级财政部门，切实加强对补助资金的管理，各类教育培训机构要尽可能降低收费标准，方便农民参加培训，物价等部门要严格对培训单位收费项目和收费标准的审查，不准对受训农民实行滥收费。

杨泰波副省长强调：

实施"阳光工程"做到"四个保证"，突出"两个重点"。即保证补助资金全部用到农民身上，保证培训机构规范合格，保证培训内容的针对性和适用性，保证受训农民80%以上转移就业。

重点支持劳动力主要输出地的非农职业技能培训，重点支持订单培训。

省农业厅厅长余英生代表省"阳光工程"领导小组做了主题报告，要求以科学的态度和求实精神，准确把握劳动力转移培训"阳光工程"的实施，一是要明确"阳光工程"的目标任务；二是要准确把握"阳光工程"实施的原则；三是要对"阳光工程"的实施实行科学指导。

省财政厅石建辉副厅长要求各级财政部门高度重视"阳光工程"的实施，要通过调整财政支出结构，多渠道筹措资金，想方设法增加对农村劳动力转移培训的投入，严格资金管理，做到资金到项目，管理到项目，核算到项目。

在省"阳光工程"办公室的统一领导下，湖南省各地相关部门采取了积极的推动措施，并初步取得了成效。

2004年10月22日，蓝山县浆洞待业青年吴志华通过免费培训掌握技术，高高兴兴地走进了该县铭发毛织厂上岗。

蓝山县像吴志华这样通过参加"阳光工程"培训，当年实现就地转移就业的农村劳动力，达3000余名。

自2004年7月以来，该县有关职能部门按照"政府推动，学校主办，部门监督，农民受益"的原则，及时启动了"阳光工程"。

县政府拨出专款，用于农村劳动力转移培训，以订单、定点、定向和委培等多种形式，免费开展毛织、家政、电脑、电子电工、美容美发等专业的职能技术培训。

同时，通过采取解决食宿困难、安置就业等措施，充分调动了农村劳动力参加转移培训的积极性。

特别是针对毛织企业熟练工缺乏的情况，由劳动保障和农业主管部门及时宣传"阳光工程"，各乡、镇办事处对参加技能培训及有就业愿望的农村劳动力进行摸底。

县就业服务中心职业技术学校筹资 30 余万元，添置毛织机械设备 100 台，建立了毛织操作培训基地。

截止到 2004 年 10 月中旬，报名参加毛织操作培训的人员达 1500 余人，完成培训 872 人，并全部安置到当地的毛织企业就业，有效地缓解了企业招工难、农村劳动力就业难的矛盾。

在 2004 年 10 月，经湖南嘉禾县农广校培训的 35 名女电脑操作工，顺利与用人单位签订了用工合同。这是嘉禾县实施"阳光工程"后，第一批受益的女劳动力。

自 2004 年 7 月实施"阳光工程"以来，嘉禾县认真实施农村劳动力转移培训"阳光工程"，大力促进农村富余劳动力向非农产业转移，增加农民收入。

嘉禾县成立了以副县长为组长的"阳光工程"领导小组，出台了《2004 年—2010 年全县农民工培训计划实施意见》，计划明确 6 年内完成 2.1 万名农村女劳动力转移就业前的引导性培训和职业技能培训任务，实现培训后转移就业率达到 90% 以上。

嘉禾县抓好培训机构资质认定，确定县农广校、县职业中专和县劳动就业培训中心为主培训基地，分解了全年 600 名指导性培训任务。

县农业局积极筹措"阳光工程"启动资金，精心发布宣传广告，印发宣传资料 1 万余份到乡镇，增加了全县广大农村女劳动力对"阳光工程"的了解，保证了农民工转移培训工作的顺利开展。

由于传统角色的定位，农村妇女在实现劳动力转移的同时，需要兼顾家庭，操持家务。

因此，以就地转移为主，异地转移为辅，立足本村、本乡资源优势，多业并举，成为湖南省武陵区农村女性劳动力转移的主要特点。

30岁以下的新生劳动力，这部分女性以未婚为主，普遍具有初中以上文化水平，头脑灵活，精力充沛，成为各行业最易吸纳的劳动力。

在武陵区全区7个乡、镇，80%以上有一技之长的年轻女性多选择外出务工。她们主要集中在经济较发达的周边地区和劳动密集型产业，从事适合女性心灵手巧的制衣、制鞋、机械电子以及美容美发、健身娱乐、商业服务等第三产业。

经过市场经济大潮的锻炼，这批人员中，一些文化水平较高、有专业技能的人逐渐成为城市白领。

而30至45岁，是以初中文化为主的骨干劳动力。这部分女性分为两类：一类是能力较强或有一定资金基础的妇女，她们一般选择就近创业，或从事加工生产，或创办经济实体，或利用有限土地科学养殖、种植，成为具有一定规模的专业大户，带动一村一乡的发展。

她们热爱故土，善抓机遇，敢于解放思想，转变观念，敢闯敢干，创业较为成功。

武陵区农村涌现出来的一大批省、市、区级"双学双比"，即学文化、学技术、比成绩、比贡献的女能手、科技示范户、种养基地带头人，就属这一年龄层次的人。

如育苗大王谢金翠、养殖大户唐冲、皮蛋加工大户王秋珍等。

在这些典型人物的带动下，当地农村妇女大力发展特色产业，从一家一项、一户一品的常规竞赛，向一乡一特、一村一品方向转化，已形成丹洲的柑橘苗圃、芦山的皮蛋加工、河洑的特种养殖开发、南坪的庭院经济等各具规模的龙头项目18余种，从事特色产业的妇女达150余人。

另一类是经济基础较差的妇女，因上有老下有小，难离故土，但有精力、能吃苦，多选择季节性就近打工。在区县附近从事家政服务、美容、餐饮，有的吸纳到烟厂、酱板鸭厂等效益好的企业，从事临时工作。

因她们离家不远，个人开销较少，打工所得能及时补贴家用，同时农忙能及时回归，打工、务农可以两方面兼顾。

如南坪岗乡腰路铺村，位于火车站大市场经济辐射地带，全村70%以上的女劳动力选择在火车站附近打零工。

50岁左右文化程度偏低的基本劳动力，由于她们劳动技能偏低，年龄偏大，多留守农村，从事传统小农业生产，进行以家庭为单位、以解决吃饭为目的的小规模传统种植养殖业，在家带养孙子孙女，支持儿女外出打工。

这部分人已成为稳定农村生产的基础力量，占农村现有农业劳动力比例的60%。

农村女性劳动力的转移，推动了农村经济的快速发展，实现了农民的增收致富，同时对农村女性自身来说，也发生了新的变化。主要表现在3个方面：

一是改善了经济收入状况。农村女性劳动力转移所体现的最明显变化就是经济收入的增加，而且这种经济收入随职业工种变化呈上升趋势。

二是社会地位的变化。妇女广泛参与经济活动，不仅改变了"男主外女主内"的传统模式，许多妇女靠打工收入建起了新房，解决了孩子的教育经费，生活质量大大提高。

而且在参加过程中，通过市场竞争的锻炼，其中一部分基础较好、肯学、肯干、善经营的人脱颖而出，涌现出一大批先进妇女典型。

她们在促进武陵区经济全面发展的同时，努力实现自身劳动力价值最大化。越来越多的人开始重新评价女性群体，农村女性的家庭地位、社会地位不断提高。

三是增强了妇女自身综合素质。农村妇女从家庭走向社会，从依赖走向独立，进一步开阔了视野，生活方式、思想观念和精神面貌发生了很大变化。

妇女在为社会创造物质财富的同时，也大大锻炼和提高了自身的本领。她们不再是围着灶头孩子转、两耳不闻窗外事的家庭主妇，一部分农村女性还凭着自己的聪明才智进入村、支两委，当选区、乡两级人大、政协和党代会代表，积极参政议政。

通过"阳光工程"的大力开展，农村女性参与经济活动更具积极的成果和更大的意义。

广西大力举办推介洽谈会

2004年7月10日，广西壮族自治区农业厅在毗邻广东的梧州市，举办了"广西农村劳动力转移培训推介洽谈会"，标志着广西农村劳动力转移培训"阳光工程"正式启动。

自治区有关部门领导、自治区农民工培训工作联席会议成员单位领导、各市农业局局长和科教科、站长，部分县、市、区农业局局长，以及培训单位、用工单位和即将输送的农民工，共1000多人参加了这次会议。

7月10日9时，广西农村劳动力转移培训推介洽谈会举行了开幕式。

广西农业厅副厅长郑恒受说：

农村劳动力转移培训目的是提高农村劳动力的素质和就业技能，促进农村劳动力向非农产业和城镇转移，实现农民稳定就业和农民增收。

随着中国东盟自由贸易区的建立和泛珠三角区域经济合作渠道的拓宽，广东以及经济发达地区对农民工的需求越来越多，广西将强化措施，整合资源，形成合力，加大培训力度，提高转移质量，努力打造农村劳动力转移培训的地方品牌。

开幕式后，广西农业厅的领导和梧州市领导欢送农民工踏上征程。

农民工代表、藤县农民李梅说：

> 我们原本一无所成，这次在党委、政府的帮助下，通过培训转变了观念，学到了一技之长，掌握了一定的务工本领。
>
> 而且，通过政府和有关部门的牵线搭桥，使我们找到了合适的用工岗位。
>
> 我们一定要珍惜这来之不易的机会，刻苦工作，树立广西农民工的良好形象。

大巴车徐徐开动，带领着农民工踏上了新的征程。

在广西农村劳动力转移培训推介洽谈会上，还举行了用工、培训和劳务输出协议签订仪式，来自广东、广西的近 150 家培训单位和用工企业，分别在协议书上签字。

自 2004 年以来，广西始终把实施"阳光工程"作为政府部门的重要工作来抓。

2008 年 2 月 23 日上午，在广西灾后农村劳动力转移培训洽谈会上，贺州市 172 名经过培训的农民踏上了开往广东的客车，前往广东各地签约单位务工创业。

在这些经过培训的农民中，有一个叫何敬乐的人。何敬乐的家里因为雨雪冰冻灾害，家里的收入遭受了很大损失。

如今，通过农村劳动力转移培训工程，何敬乐有了外出务工的机会。

何敬乐高兴地说：

今年，我家里虽然遭受了冰冻灾害，种的青菜、粮食都受到了损失，但党和政府对我们农民很关心，为我们创造了增收的机会。

通过这次"阳光工程"培训，还为我找到了工作，至少我家的生活不愁了。

此次农村劳动力转移推介洽谈会吸引了 1.1 万多名有意向转移就业的农民，其中 2500 多名农民工当场找到了工作岗位。当场签订培训订单的达 1.5 万多人。

广西把灾后农村劳动力转移培训作为灾后重建的重要内容，确保农民在农业受灾的情况下，通过务工达到增收目的。

广西壮族自治区农业厅总农艺师白先进说：

通过举办灾后农村劳动力转移培训推介洽谈会，为培训单位和用工企业搭建农村富余劳

动力培训与转移的合作平台。

有了这个平台，就能更有效地实施订单和定向培训，提高灾区农民转移就业的能力，拓宽和畅通转移就业的渠道。同时，对加快广西农村富余劳动力转移步伐，做到农业损失劳务补，把灾害造成的损失程度降低，实现灾年农业增收，保持广西农业和农村经济又好又快发展的势头，有了一定的促进作用。

北京通州推动技能培训工作

在 2006 年，借助实施"阳光工程"和中央新一轮惠农政策的有利机遇，北京市通州区大力开展农村劳动力转移培训工作，并将其纳入全区经济和社会发展总体规划。

到 2006 年 7 月底，通州区共组织农村劳动力培训 1 万多人，完成全年任务的 125.6%。

通州区劳动保障局坚持以技能培训提高农村劳动力素质，并将此项工作作为落实以人为本、提高全民素质、建设社会主义新农村的需要。整合培训资源，突出技能培训，提高就业实用性和适应性。

在工作中，通州区基层各部门重视程度和创新意识不断提高，结合区位优势，围绕农业和农业产业化的需求，举办果树、农艺、花卉等专业培训班 100 多期。

一些农村劳动力还主动要求举办培训班，这表明技能培训促就业的意识，在农村劳动力中进一步增强。

同时，通州区根据乡、镇产业的特色，一产重点开展了农艺工、果树工、菌类种植等专业培训，二、三产业则以短期技能培训为主，重点抓好失地农民的转移培训工作。

此外，培训的方式也更加灵活。结合镇级转移培训基地和村级培训分站的建设，把培训办到村里，办到田间地头。

面对社会人才高素质化的新形势，通州区在农村劳动力技能培训过程中，坚持多方位培训，确保就业的广泛性。

有关部门特别注重订单培训，培训学校根据用人单位的委托或就业需要，开展定向、定点、定量培训，采取就近、免费、自愿的原则，充分利用当地培训资源。

针对农民就业需求，以"缺什么培训什么"的形式，聘请有关专家和专业人士，组织开展职业技术和技能培训。

培训合格的学员，直接到用人单位工作。这种技能培训，深受广大农民的欢迎。

通州区在 2006 年培训的农村劳动力中，等级培训 4000 多人，非等级培训 6000 多人，培训后就业率达到 83.2%。

为推动妇女就业工作的开展，在 2005 年，通州区妇联在全区乡镇、街道办事处妇联中，开展妇女培训就业工作擂台赛。

各参赛妇联制定妇女培训就业方案和措施，建立妇女培训就业工作联系卡。

活动设达标奖和擂主奖。乡镇的就业人数在当年达到 400 人，街道达到 200 人，可获达标奖。在达标的基础上，评出擂主。

擂台赛活动开展之后，各级妇联干部的积极性空前提高，他们积极协调有关部门，加强妇女就业培训力度，充分发动村妇代会妇女典型、妇女代表、"妇"字号基地作用，为妇女就业工作作出贡献。

如通州区张家湾镇，为推动妇女就业工作再上新台阶，结合擂台赛活动，推出"一赛、一卡、一社"的工作路线。

"一赛"，即以"真情激发择业观，共同开拓就业路"为主题，在全镇妇女中开展就业工作擂台赛，实现妇女就业2700人，新增妇女就业500余人。

"一卡"，即在57个村的妇代会中，建立"再就业联系卡"，要求每个妇代会干部至少解决10人以上妇女就业。

"一社"，即建立"姐妹缘编织社"，挖掘和开发民间手工艺行业人力资源，带动妇女就业。

宋庄镇妇联也积极以妇女培训就业擂台赛为契机，开展各种实用技能培训。

技能培训的开展，促进了更多的困难家庭找到就业出路，解决了经济窘境。与此同时，也有利于促进社会的和谐发展。

四川抓培训助民过难关

2009 年 2 月 20 日，四川省雅安市芦山县思延乡、龙门乡的 150 多名农民工，正在接受电动缝纫的紧张培训。

由于受国际金融危机的影响，沿海地区部分企业大规模裁员，导致不少农民工失业返乡，形成农民工返乡潮。

雅安市是退耕还林的重点区域，退耕还林后，农民主要的经济增长点来自外出务工。

如果返乡农民工的就业问题得不到及时妥善的解决，他们的生产生活将会受到很大的影响。返乡农民工的就业问题，牵动着雅安市委、市政府领导以及相关涉农部门人员的心。为了解决好农民工返乡就业问题，各级各部门密切配合，视金融危机为发展契机，千方百计地拓宽就业渠道，最大限度地使返乡农民工掌握一定的技能，以便重新走上工作岗位。

为了解农民工的诉求，雅安市迅速开辟了就业绿色通道。在 2008 年 10 月，雅安市劳动保障部门建立了返乡农民工预警监测周报制度，对各地返乡农民工进行登记。

宝兴县经过落实返乡农民工相关优惠政策，大规模地开展了实用职业技能培训，引导鼓励农民工，以创业带动就业，积极协调区域企业，增加就业岗位。

在灾后重建、基础设施建设、旅游服务等方面，有关部门尽量多地使用农民工，切实促进返乡失业农民工再就业。为让农民工掌握一技之长，拓宽他们的就业渠道，有关部门还举办了各种免费职业技能培训。在过去，劳务培训存在涉及部门多、培训时间短等问题，难以达到预期效果。

在 2007 年，雅安市除加大培训资金投入外，还通过公开招标，确定了培训基地和重点用工企业。农民工的培训时间达到了 3 个月，培训最低目标是：获得国家认可的初级职业资格等级证书。此外，各级各部门还举办了"阳光工程培训""品牌工程培训""劳务扶贫培训""转移就业技能培训""温暖工程培训"等培训项目。

仅在 2008 年，1.6 万余人通过劳动部门定点机构接受了免费技能培训。1.4 万余人获得相应的职业资格证书，培训后转移就业率达到 85%。

三、百姓受益

● 王诗强感激地说："正是'阳光工程'为我们家带来了大的改观。对我们这样的家庭来说，真的是雪中送炭。"

● 杨鑫坦诚地说："我从不认为自己肢体残疾，就可以回避责任。恰恰相反，自己的生命若对更多的生命担负起责任，这样的生命才是充实而美丽的。"

● 吴炎红说："国家拨款让我们学技术，一下子，我就觉得心里亮堂了。政府是真正为我们着想的。"

农民工向技术型人才转变

谈起"阳光工程"，从事装修行业的陈春明一脸的笑容。陈春明高兴地说：

> 通过参加"阳光工程"培训，我领到了木工技能等级证，我现在帮雇主专修房子，做家具，底气足了，收入也高了。

陈春明来自福建省宁德市蕉城区贫困山区虎贝乡南岭村。在老家，陈春明依靠 5 亩田发展反季节蔬菜、食用菌等，一年收入才 1 万来元。

为了摆脱困境，几年前，陈春明来到了城关打工，凭着一身力气和勤劳，在建筑工地打零工。

在打工中，勤奋好学的陈春明边干边学，逐步掌握了木工方面的技能。可是，由于没有技能证书，他在打工过程中，常觉得不被人信任，工资待遇也不高。

2007 年，陈春明听说区里开展"阳光工程"培训，农民工可免费学技术，通过考核还能领到全国通用的职业资格证书。

于是，陈春明便立即报了名，参加了木工培训。学习刻苦的陈春明，最终以优异的成绩取得了职业资格证书。

由此，陈春明承包工程变得轻松起来了，还在东侨经济开发区建材市场开了家木材加工店，年收入达到 4 万多元。

娴熟的技术，周到的服务，吸引了许多新老顾客，使得陈春明的生意常顾不过来。

于是，陈春明就从老家带了两个徒弟，共同致富，每个徒弟每月也有千元收入。

陈春明说：

> 在学技能的同时，我还学到了相关的法律常识，增强了维权意识。这是政府为农民工办的一件好事。

兰克忠是宁德市蕉城区城南镇坪塔村青年，他初中毕业后就进城打工了。

因为文化水平低，又没有一技之长，兰克忠在城里很难选择工作，只能凭一身力气，在建筑工地打些零工。

在打工的过程中，兰克忠学到了一些建筑方面的技能。可是，由于自己没有技能证书，他的工资一直很低。

2006 年 3 月，兰克忠听说区里开展"阳光工程"培训，农民工可免费学技术，通过考核还能领到全国通用的职业资格证书。

于是，兰克忠立即报名，参加了建筑工培训。兰克忠学习十分刻苦，他以优异的成绩取得了职业资格证书。

兰克忠说：

> "阳光工程"培训让我真正掌握了进城务工知识，提高了我们的就业竞争力，收入也增加了。

吴秀清是漳湾镇兰田村农民。2007年1月，吴秀清参加了区农村劳动力转移技能培训中心举办的"订单培训"班，取得了食品加工技能初级证书。

培训后，包括吴秀清在内的91个人，手持订单和证书，到宁德远藤食品有限公司就业。吴秀清从家庭妇女变成了企业工人，月收入800多元。

那些年，许多地方都出现了企业招工难和农民就业难并存的现象。一方面，一些企业对熟练技术工人如饥似渴；另一方面，农村大量富余劳动力缺乏一技之长，很难在非农产业就业。

在"阳光工程"启动后，蕉城区"阳光办"积极拓宽农村劳动力转移渠道，主动到企业搜集用工信息，按用工单位的需求，对农村富余劳动力进行"订单培训"，当起农民和企业的"红娘"，提高了农村劳动力转移就业率。

2006年年底，蕉城区"阳光工程"办公室了解到，东宁、康宁等超市需要大量营业员，夏威食品和远藤食品等企业需要工人 300 名。

于是，"阳光办"立刻与对方联系，确定用工人数、用工要求、用工待遇后，将用工信息发布在蕉城区农村社会服务联动网上，并联合用工单位，对报名农民工进行了培训。

经过培训合格后，有 224 名营业员、156 名工人全部被企业录用。

为巩固培训就业成果，蕉城区"阳光办"定期到培训基地调查走访，开展引导性培训，增强农民工遵纪守法和保护自身合法权益的意识，提高就业人员的综合素质。

多年来，蕉城区把农村劳动力转移培训作为增加农民收入、发展农村经济的重要渠道，积极开展"阳光工程"培训，使众多农民工告别"苦力型"，走向"技术型"。

蕉城区按照"政府推动、学校主办、部门监管、农民受益"的原则，组织"阳光工程"。

蕉城区已建立区农村劳动力转移技能培训中心和农广校两个全国农村劳动力转移"阳光工程"培训基地，培训专业涉及建筑、水产加工、美容美发、营销、旅游餐饮、电子技术、计算机应用等。

具有初中以上文化程度、思想素质较高、身体健康、有转移愿望，年龄在 16 周岁以上 45 周岁以下的农村中青年劳动力，都可以报名参加。

　　学员培训后统一考试，考核合格者发给结业证书，通过技能鉴定的，颁发国家职业资格证书。培训后，学员可选择自主择业或学校和劳动社会保障部门推荐就业。

　　蕉城区自 2006 年开展"阳光工程"培训以来，已有更多的农民通过"阳光工程"享受财政补助培训，实现转移就业。

　　培训促进了农民工由"苦力型"向"技术型"的转变，取得了良好的社会效果。

农村青年借培训大展宏图

扎水塘村是湖南省溆浦县舒溶溪乡一个较为边远的山区小村，位于雷峰山山腰，海拔600多米。

因为山高路远，交通不便，加之自然条件十分恶劣，这里的村民生活一直较为贫困。

先天严重缺水的现状，是造成这里贫穷的重要原因。由于缺水，这里的水田每年只能种一季早稻，山地也只能种些旱烟、辣椒、西瓜等经济作物。

1000多人的村子，还有近一半的农户难以解决温饱问题。

到2004年，全村还有30多名"光棍"没有找到媳妇，成了全乡有名的"光棍村"。

这里的村民们普遍缺乏科技知识，难以迈开致富的步伐。由于村民不懂技术，全村喂养的猪仔成活率不到50%，出栏时间有的长达一年左右，养殖效益相当低，收支两抵，几乎赚不到钱。

初中毕业回家的舒平，也算是个文化人。目睹这种现状，舒平认识到，要想摆脱困境、发家致富，先天的环境无法更改，只有通过科技的力量，才能改变这种困境。

舒平多次找到年迈的父亲，劝说道："爷爷种了一辈子田，连饭都吃不饱；你种了一世田，连温饱都难以解决；我们要走出困境，只有依靠科技这个法宝。"

舒平告诉父母，在无法改变先天环境的条件下，可以利用这种环境，因为这里盛产红薯和玉米，是养猪的好饲料，自己想在乡里办个养殖场，带动村民一起走养殖致富的路子。

舒平的父母听说后，摇了摇头，这是他们想都不敢想的问题，更何况一没有本钱，二没有技术。

舒平说："没有钱，我自己想办法；没有技术，我自己去学。"

舒平发誓要用科技来改变家乡贫困的面貌，靠科技走上致富的道路，在舒平的内心深处，升起了一股致富脱困的豪情。

舒平背着包，独自一人，来到了溆浦县、长沙市、广东省等地，一边打工挣钱，一边拜师学艺。

2005年，国家"阳光培训"工程正式落户溆浦职业中专。听说"阳光培训"不用交钱，只要是农民就可以免费学技术。这真是一件大好事。在不经意间，舒平听到了这个喜讯，他激动得一夜都睡不着觉。

2005年3月的一天清晨，舒平瞒着家人和妻子，毅然来到了溆浦职中报名，参加了国家"阳光工程"培训。

舒平是个头脑灵活的人，他针对家乡实际，结合本人的爱好，选学了"畜牧兽医专业"，参加了为期4个月的短训。

舒平深知，这是一个千载难逢的好机会。他勤学好问、如饥似渴，深得培训教师的好评。

　　执教畜牧兽医的张安云老师，更是把舒平作为自己的得意门生，悉心传教，使他掌握了农村畜牧兽医的系列技能。

　　待学成归来后，舒平说服父亲，想方设法自筹资金4500元，花了2000多元购置了一台打米机和一台粉碎机。先是在扎水塘村办起了全村第一个家庭打米厂、粉碎饲料厂和家庭养殖场，在给山区群众带来便利的同时，也为自己赢来了一点微利。

　　接着，舒平又用剩余的2500元在舒溶溪的小街上创办了一家饲料兽医店，撑起了依靠科技创业的第一杆旗。

　　2005年9月，舒溶溪村的一些耕牛染上了口蹄疫，当时街上有3家饲料店、两家兽医店，一些村民到其他店找不到有效的办法后，就抱着试试看的心理，来到舒平的店咨询。

　　舒平及时地给予配药、下乡出诊。在舒平耐心的治疗下，先后有50多头耕牛得到了及时诊治，为村民挽回了10多万元的经济损失。

　　2005年10月，舒平到扎水塘村8组一农户家出诊，经过两天的治疗，两头仔猪还是没有治疗好，到底是什么原因呢？

　　带着疑问，舒平第二天又跑到了"县阳光工程办"，找到了张安云老师。张老师与舒平一起耐心地分析病情，经过深入剖析，终于找到了原因。

原来是舒平把仔猪"脑炎型链球菌"误诊为"李氏杆菌"，才造成了治疗上的失误。

"技术无止境。"这件事对舒平的触动很大，为了使自己能够学到更多、更好的技术，舒平恳请"县阳光工程办"把舒溶溪乡作为"实习基地"。碰到难题时，就请张安云老师来这里现场指导。

舒平的想法得到了县"阳光工程"办公室的支持，张安云老师总是在舒平最为难的时候，主动来到这里，为他排忧解难，他们成了一对互帮互学的师徒。

在2005年12月下旬，舒溶溪村田万友家里的一头耕牛因农药中毒。

舒平知道，按常规打针治疗是抢救不了这头耕牛的。只有通过静脉注射，才能有效。而静脉注射，舒平又没有十足的把握。

情急之中，舒平马上打电话，请张安云老师来这里"现场指导"。

张老师接到电话后，二话不说，冒着严寒，坐车赶到现场。通过一番"言传身教""精心指导"，舒平终于掌握了"静脉注射"的技能，耕牛起死回生。

2007年，舒平看准当时市场肉猪价格上扬的趋势，利用自身过硬的养殖技术，又再一次说服家人，与人合股投资十多万元，租用原乡粮站的场地，办起了全乡第一家"三元杂交猪养殖场"。养殖场占地1800多平方米，喂养了48头二元杂交母猪，150头三元杂交仔猪。

舒平在县"阳光工程"办公室的全力支持下，依靠科技的力量，在偏僻山乡创造了财富传奇：

> 2008年，经销各类新型养殖饲料50多万吨，实现年收入20多万元；
>
> 经销兽药、农药，实现年收入7万多元；
>
> 推销各类种子，实现年收入5万多元；
>
> 创办的两个养殖场实现年收入38万多元，年总收入突破70多万元，纯收入达20多万元。

从山里长大的舒平深知，他所取得的成功，一方面，是依靠县"阳光工程"办公室传授的科技知识，而另一方面，则是得益于乡亲们的支持。

"致富思源"，舒平要用自己微薄的力量，带动乡亲们一起迈上科技致富的大道。

舒平以自己的经销店为"辐射点"，把科技的种子撒遍了全乡的山山水水、村村寨寨。

舒溶溪村武锡平原来是乡里的一个邮递员，只懂得耕种几亩薄田，家庭情况比较困难。

武锡平有想养殖的念头，但苦于没有技术，因此一直不敢"下手"。

舒平得知后，及时地向武锡平伸出了援助之手，没有技术，就传授技术；没有资金，就借资垫付。

在舒平的倾力扶持下，2008年3月，武锡平养殖了8头二元杂交母猪，后来又繁殖了几十头仔猪，当年实现纯利两万多元，一举甩掉了贫困的帽子。

扎水塘村的"颜老九"，家里很穷。舒平帮资金，帮技术，帮项目，协助"颜老九"办起了一个有30多只羊的养羊场。

舒平经常上羊场免费为"颜老九"的羊群配料、驱虫，做到全程跟踪、技术随访。

"科技顾问"是村民送给舒平的雅号。在舒平的传帮带下，很多村民改变了传统的仔猪"喂养法"。

原来村民喂仔猪，都是把猪潲烧开，再拌"浓缩料"，既费时又费力，还要烧柴，影响环境。

在舒平的指导下，村民们改用"全佳料"，仅此一改，每头猪仔就能节约费用十多元，而且省时、省力，又保护环境。

舒溶溪村的"田老六"，原来是跑运输的。在舒平的鼓励和带动下，"田老六"投资20多万元，办起了全乡第一个养牛场，养殖了20多头牛和60多只黄羊。

而舒平，也就理所当然地成了养殖场免费的"科技参谋"。

扎水塘村张英满、舒采伟、向理铁，自2008年5月份开始，就在舒平的支持下，合伙办起了养牛场。

舒平经常隔三岔五地来指导，成了养牛场的技术顾问。

为了方便乡亲们，自 2008 年来，舒平就自购了一台集装箱车，免费为村民送农资、送饲料；还安装了一台咨询电话，配备了两台业务手机，做到随喊随到。

多年来，舒平的足迹遍布全乡 13 个村，200 多个村民小组，每年下乡出诊 300 多天；每个月要穿烂 3 双胶鞋；每年为村民养殖、种植解决疑难杂症 200 多个，为全乡挽回养殖、种植等方面的经济损失达 20 多万元。

在舒平的辐射带动下，在他的科技支持下，舒溶溪乡的村民掀起了"养殖热"，实现了在家门口致富的梦想。

一个一万多人的小乡，涌现出了 100 多家"家庭养殖场"，每年出栏肉猪达 5000 多头、仔猪 1 万多头，仅此一项，人均就增收 200 多元。

舒平最大的愿望是：把舒溶溪乡打造成一个名副其实的生猪之乡。

"阳光工程"成就精彩人生

"阳光工程"是一个提高农村劳动力素质，掌握就业技能的平台，是一个实现稳定就业，促进农民增收的法宝，更是一个温暖人心、照亮前程的启明灯。

黄贵强 1980 年出生于江西省抚州市临川区东馆乡桥下村。在中学毕业后，黄贵强经过千辛万苦，才找到一份在抚州联通公司做电缆线保管员的工作，月薪仅700 元。

由于这份工作几乎没有技术含量可言，工资低、工作累不说，还时时面临着被他人取代的危险。

黄贵强多么希望能像别人一样，坐在舒适的办公室里，过自己想要的生活。可是，要实现这一梦想，就必须给自己充电，必须让自己具备从事轻松工作的能力。

黄贵强深刻地认识到，只有再学习，才能在这个竞争的社会中，拥有一席之地。

正在黄贵强感到彷徨之际，在 2006 年，黄贵强了解到，国家正在开展"阳光工程"，正在为农民工兄弟提供免费学习的机会。

于是，黄贵强毅然辞去工作，来到抚州振兴科技学校，参加"阳光工程"计算机操作免费培训班。

在陈惠琴老师精心的讲解和耐心的指导下，黄贵强勤奋学习。在经过 3 个月的培训后，黄贵强终于掌握了系统、全面的计算机操作知识。

在技术学到手后，好运也接踵而来。2006 年 7 月，黄贵强又重新被抚州联通公司聘为技术员，利用学到的计算机操作知识，从事通讯电缆的维护和检修工作。月薪也增至 1200 元左右，年收入净增 6000 余元。

在培训前，黄贵强是个拿低薪、干累活儿、默默无闻、毫无前途可言的电缆线保管员；培训后，他变成了一个工作环境优越、专业对口、受人尊重的技术型人才。

因为"阳光工程"的实施，让黄贵强拥有了轻松的工作、高质量的生活。是"阳光工程"让他插上了成功的翅膀，成就了精彩人生，引领他走向了更加广阔的人生舞台。

在山东省"阳光工程"培训基地之一的山亭职业技术学校，还有这样两个女孩，一个因车祸导致反应迟钝，身体右侧接近瘫痪；另一个因患婴儿瘫，多年来不能走路。

两个不幸的女孩相识后，变成了好姐妹。而遭受车祸的女孩的妈妈，也成了婴儿瘫女孩的"妈妈"。

遭遇车祸的女孩叫张冬，家住山亭区冯卯镇小温庄村。2005 年 2 月 12 日 7 时许，她在骑自行车上学的途中遭遇车祸，肇事车辆逃逸。

张冬在昏迷了 3 个多月后才醒来，但她却连声"妈妈"都不会叫了。因为被撞时张冬大脑缺氧时间过长，身体的右半部分受到损伤，右手和右腿都不能活动。

张冬的妈妈王秀华开始教孩子认字、说话，王秀华一个字一个字地教，并不厌其烦地活动孩子的手臂和腿脚。

一年半后，孩子竟然奇迹般地恢复了记忆，肢体也能活动了。

婴儿瘫的女孩叫甘信梅，家住山亭区西集镇建新村。小梅的爸爸患有肺结核，母亲得了脑血栓。虽然家庭生活很贫困，但他们还是想方设法为小梅买了残疾人专用的三轮车，并供她上学。

从上学的第一天开始，爱心就温暖着小梅。每天上学、放学，都有同学接送她。

上了六年级后，甘信梅的个子也长高了，原来用的手摇三轮车不能再用了。班主任田传浩就发动师生为甘信梅捐款，加高三轮车。

甘信梅说，她学习成绩很好，也很想继续上高中，但由于自己行动不便，加之家庭困难，就来到了培训基地。她说，在这里就可以减轻家庭的负担了，也不用再麻烦同学们了。

在培训基地，甘信梅认识了张冬和"王妈妈"王秀华。不幸使两个女孩成了无话不说的好姐妹，小冬推着小梅，小梅则与小冬聊天，训练她说话。

王秀华在照顾小冬的同时，也像照顾女儿一样照顾小梅。

王秀华说，小冬刚来时反应迟钝，手脚行动不便，几乎什么活儿都不能干，但培训基地没有抛弃她。

田广友校长了解到张冬的情况后，当即表示，无论如何都要把张冬母女留下来，一来让张冬学点东西，恢复正常，二来让母亲也好照顾女儿。

经过"阳光工程"培训后，张冬和甘信梅不用出校门，就直接走进了绅业纺织公司，总经理陈正还给她们定了保底工资。

王秀华说，"两个女儿"都是不幸的，但又都是幸运的。残疾人找个工作不容易，如今她们都有了稳定的收入，又生活得很愉快，这得感谢这么多好心人的关爱……

享受过"阳光工程"免费培训的人们，从心底里感谢党和政府的这一惠民政策。

依靠技能培训改变人生命运

谁能想到，一个农村初中毕业生，经过广西容县电子科技学校一年的培训，会被港资企业聘请为一个分公司的总经理。这个幸运者就是广西容县浩润电子有限公司总经理何永生。

何永生原是广西容县黎村镇六镇村的青年农民。在2000年7月，何永生初中毕业了。他想外出打工，可又苦于没有一技之长。

此时，恰逢容县电子科技学校开展农村劳动力转移培训，何永生便参加了电子和电脑应用专业知识培训班。

在一年的学习培训中，何永生刻苦钻研，熟练地掌握了电子和电脑专业知识，结业后，便到广东东莞市求职。

经过考试，何永生被当地一家港资企业东莞东城区立新荣达电子有限公司录用。何永生所在企业主要生产CD机、VCD机的半成品等，专业知识要求很高。

为了使自己能适应企业生产的需要，何永生一边利用在家乡职校培训时学到的专业知识，一边加强学习，不断"充电"，很快就掌握了全新的电子和电脑知识，并大胆指导企业进行技术创新和产品的升级换代。不久，公司生产的产品就畅销全国各地。

2004 年 10 月，公司在何永生的家乡广西容县侨乡经济开发区投资 600 万办了一家分厂，即广西容县浩润电子有限公司，全权委托何永生管理，并任命他为公司总经理。

该公司生产的 CD 机和 VCD 机等半成品的质量，一直处于领先水平，受到了同行的称赞。

王诗强出生在安徽省岳西县五河镇一个普通的农民家庭，而他则在杭州市一家电子企业上班。

2007 年国庆节，王诗强把刚领的工资分别寄给在读大学的哥哥和远在家乡的母亲，能为他们解决燃眉之急，王诗强心里感到非常高兴。

王诗强说，自己的父母都是农民，要供养他和哥哥两个孩子上学，家境十分窘迫。在父亲不幸病逝后，家里欠下了 3 万多元的债务。

而就在那一年，王诗强初中毕业，要升入高中，而哥哥则考取了亳州市的一所大学。兄弟俩的学费，又成了家里的头等难题。

王诗强说，那段时间，饱受打击的母亲焦急不堪，夜里常常睡不着觉。

看到母亲的愁容，王诗强毅然决定让哥哥继续升学，自己则出门打工，挑起家庭的重担。

在无意中，王诗强从电视上看到"阳光工程"免费培训的宣传。于是，王诗强便抱着试试看的态度，到岳西县 10 个培训基地之一的电脑学校报名，学习电脑安装与维修知识，想凭这个一技之长找个好工作。

经过半年的免费学习，在 2006 年 8 月，王诗强顺利毕业，并在学校的推荐下，来到杭州市嘉力讯电子科技公司从事电子精密零配件加工工作，月纯收入已超过2000 元。

王诗强说，自己已经是家里的顶梁柱了，对于当初的选择，他一点也不后悔。

王诗强感激地说：

> 正是"阳光工程"为我们家带来了大的改观。对于家庭条件好的人来说，"阳光工程"培训的小小补助算不了什么，但是对我们这样的家庭来说，就真的是雪中送炭。
>
> 培训使我有了一技之长，迅速找到工作，现在的收入不仅能供哥哥完成学业，而且还清了爸爸治病时的欠债。看到母亲的脸上愁云渐散，我也放心了。

"阳光工程"的大力开展，不知改变了多少人的命运，解决了多少家庭的窘境。

"阳光工程"点燃了无数人心头的希望，让更多的人拥有了一片晴朗的天空。

培训帮助农家妇女获自信

2004年5月，是改变吉林省双辽市玻璃山乡高凤娟命运的一个分水岭。

那年刚种完地，村里许多男女青年又像往年一样，到外地打工去了。

高凤娟已不止一次目睹这样的场景。而这一次，却让她灵机一动：我为什么不出去闯闯？年龄虽大些，可身体尚好；父母还能动，孩子也有人照看。

可高凤娟转念又一想：我会做什么呢？没有一技之长，哪儿能要我？

正当高凤娟苦苦思考的时候，双辽电视台一个"阳光工程"培训基地的广告，一下子让她眼前一亮。

家境贫困、婚姻不幸的高凤娟，就是在那一刻，作出了一个重大抉择：将孩子寄养在母亲家，揣着变卖家畜的几百元钱，踏进了双辽市"阳光工程"培训基地花都美容美发学校。

高凤娟来到学校，可年龄偏大，手上又没钱，从何学起呢？

校长李艳丽看出了高凤娟的苦衷，决定免除她的全部学费，并无偿提供技术培训。

萍水相逢，对一个农村妇女竟如此照顾，高凤娟感动得不知说啥好。在安顿下来之后，高凤娟全身心地投入到学习之中，并给自己定下奋斗目标：

　　誓做优秀学员，决不输给年轻人；3 个月学习结束时，至少能独立工作。

功夫不负有心人，3 个月学习结束了，高凤娟成了"成手"。当时，高凤娟的初衷很简单：学一门手艺，给人打工，每月千元收入。

然而，学成之后，一个新的挑战摆在她的面前。校长李艳丽找到她，给她一个建议：另立炉灶，自己开店。

这是好建议，可对于一位农家妇女来讲，几乎不可想象。没有钱，没有熟人，拿啥去干？

正当高凤娟想放弃的时候，李艳丽信任的目光让她又鼓起勇气：人活一世，可以输了钱，却不可输了志气。不去试，怎能知道不行？

在济南亲友的建议下，经过考察和深入细致的研究，高凤娟毅然变卖了家产。在 2004 年 11 月中旬，举家迁往山东济南，开始了创业生活。

高凤娟要成就一番轰轰烈烈的事业，用双手建设自己的未来。

经过东挪西借之后，高凤娟凑了几万块钱，置办了基本用具和精细美发用品，在临街租了一间 10 平方米商用房，开了属于自己的第一个美容美发店。

开业那天，高凤娟激动得哭了……

美容美发店营业不到一年的时间，高凤娟完成了原始积累，经营面积达到 100 平方米。

到 2006 年 4 月，高凤娟美容美发店的经营面积已经扩大到 200 平方米。高凤娟还办起了济南"丑小鸭美容美发学校"，在滨州开了 7 家美容美发用品连锁店。

高凤娟，这个昔日的农家妇女，通过"阳光工程"的培训和自己的不懈努力，不但收获了生活的富裕，也收获了人生的自信。

身残志坚创办培训学校

四川省蓬溪县蓬南镇前锦职业技术学校董事长杨鑫，虽然只有 1.4 米左右的身高，但是看上去却很精干。

在杨鑫幼年时，一场疾病让他失去了很多身体上的优势。但是，杨鑫凭借自强不息的信念，用勤劳和勇气，改变了自己的人生轨迹。

当成就了一番事业之后，杨鑫又把目光投向了许许多多需要帮助的人，他勇敢地担负起了一部分社会责任。

杨鑫出生在四川省广安市武胜县。杨鑫回忆说：

在我 12 岁时，正在上初中。有一天放学回家，我突然觉得头部疼痛难忍。

那场突如其来的疾病，使我的两脚几乎完全瘫痪。

但是，并不服输的杨鑫认为，生命在于运动，只要有决心，再大的困难也会战胜。

从此以后，杨鑫每天都承受着巨大的疼痛，坚持锻炼，不断挑战身体的极限，终于使自己再次站了起来。但是，右腿却留下了终生的遗憾。

在学校里，同龄人的嘲弄与冷落，一度使年幼的杨鑫产生了严重的自卑心理。

杨鑫说:"我甚至不敢与健全人的眼光对视,连上下学都专挑人少的小路走。也就是那年,我无法再在学校待下去,放弃了高考。"

杨鑫回忆说:

> 在家休息的时候,父母不让干活儿,我一般都是看看报纸、读读小说之类的。
>
> 偶然的一天,我在自家的桌子上看到一张关于《张海迪》的报道,感动得流泪了,觉得自己并没有那位姐姐的命运苦,便立下誓言:
>
> 一定要努力地站起来,开创自己的天地!

后来,杨鑫觉得整天待在家里很无聊,于是恳请父母让他学习一门技术。

经过几次恳求之后,父母答应让他在南充服装厂学习缝纫技术。

刚开始的时候,大家都瞧不起他。但是,随着时间的推移,杨鑫的刻苦精神,让大家彻底改变了对他的看法。

但是,在杨鑫上班后不久,因为工厂倒闭,杨鑫又回到了家中,自学缝纫技术。

通过勤奋学习,杨鑫仿佛找到了一把神奇的钥匙,开启了自己内心紧闭的心门,也找到了自己生活的新方向。

杨鑫凭借惊人的毅力，使自己在缝纫技术方面突飞猛进。

杨鑫不甘心碌碌无为地生活下去。此后，杨鑫就先后通过摆摊、租店、开铺面、办学校，逐渐成就了自己的一番事业。

在谈到创业历程时，杨鑫语气中多了几分坚定。他说：

> 做生意哪有一帆风顺的，到处都是暗流险滩，但我从不畏惧困难，因为每个困难都是一次成长的机会。

1986年，杨鑫开始在蓬溪县农兴乡租店赚钱，收学徒，开始人生的第一次创业。

2001年，杨鑫在事业上已经取得了一定的业绩。而这个时候，杨鑫却时常感觉到，自己的体力开始有些透支。

"残疾人挣钱真的不容易啊。"杨鑫此时想到，对那些身体有残疾的人来说，要想生存，将会比正常人付出更多努力。

残疾人要生存，靠体力劳动这条路是肯定不行的，只有熟练地掌握一门技术，才能够拥有更广阔的生存空间。

杨鑫想到了关心过他的许多朋友，也想到了和他命运相同的残疾人。

此时，杨鑫萌生了一个新的想法：

依托自己的服装厂，为残疾人、为弱势群体办一所学校。

经过几年的不懈努力后，在 2005 年，杨鑫终于如愿以偿，一所投资 360 余万元的新学校，在蓬南镇屹立起来。

学校名叫蓬溪县蓬南镇前锦职业技术学校，占地 10 余亩。学校的教学设备先进，师资力量雄厚，管理规范，同时能容纳学员 2000 余人。

该校已被授予蓬溪县残联扶残工程基地、蓬溪县劳动和社会保障局农民工定点培训基地、蓬溪"阳光工程"培训基地、遂宁市劳务品牌培训基地。

全松因为身体残疾，于是蓬溪县蓬南镇前锦职业技术学校便让他免费学习技术。

在经过培训，掌握了一定的技术以后，全松终于找到了工作。

全松感激地说：

能够自食其力，感觉当然好，但是还得感谢培训学校给的这个难得的机会。

杨鑫介绍说，为了解决当地剩余劳动力、弱势群体、下岗职工、失地农民的就业问题，为了满足更多人的需求，他的培训学校把招收范围逐步面向全社会。

学校采取短期培训的方式，让学员"进得来、留得住、学得好、用得上"。

杨鑫自创业以来的 20 多年里，通过收学徒、办学习班，先后让两万余人学到了技术，帮助他们多了一门谋生的技术。

杨鑫坦诚地说：

我从不认为自己肢体残疾，就可以回避责任。

恰恰相反，自己的生命若对更多的生命担负起责任，这样的生命才是充实而美丽的。

钻研技术踏上致富路

2007 年年初，山东省泰安市泰山区省庄镇王西刚心里感到特别高兴，因为经过参加区里的"阳光工程"免费培训，王西刚与落户下峪村的韩国禧爱服饰公司签订了劳动合同。

在过去，王西刚到外地打工，只能干些体力活儿，收入低还不稳定。

在 2006 年秋天，王西刚听说区里实施"阳光工程"，政府出资让农民在短期内提高素质和技能，转移到二、三产业务工经商。

于是，王西刚便报名参加了电子操作的培训，没想到由于学得好，一结业就成了一名月薪 800 元的"蓝领"。

像王西刚这样主动学习技术的农民，在泰山区并不在少数。

王西刚高兴地说：

> 以前只会干个力气活儿，挣点力气钱，现在却成了"蓝领"，工资高收入又稳定，有文化有学问就是不一样。

在邱家店镇南王庄村，村民程广言创建的果木科技示范园，规模发展得是越来越大，面积已经突破了200亩。

经过程广言的带动，周围40多户农民发展起了特色林果种植，平均年收入达到3万元。

像程广言这样的"田秀才"，已成为泰山区农民致富的带头人。

泰山区健全了区、镇、村三级科技培训网络，大力培养类似于程广言这样的乡土人才。

程广言禁不住感慨地说："农民最需要的就是新科技、新技术。俺的果木园能有这个样，主要是沾了懂技术的光。"

"二郎神"，是农民送给李炳国这样的苗木经济人的"绰号"。

对市场触觉十分敏锐的李炳国，在自己种植花卉苗木的基础上，从"面朝黄土"转向"面向市场"，一边积极引进推广苗木良种，一边多方联系各地客商，推销苗木。

由于李炳国他们常年种植、经营，信息越来越灵，路子越来越广，苗木常常供不应求。

许多农民看到"二郎神"们的钱袋子越来越鼓，也跟着学起种植来。

李炳国说：

"会经营"是新型农民的条件之一，今年一号文件又特别强调"培育和发展农村经济人队伍"。

　　作为经济人，就要增强建设新农村的本领，为农民化解市场风险，真正成为连接田头与市场的"纽带"。

国家的"阳光工程"让更多的农民掌握了先进的技术和经验，使他们的致富之路越走越宽。

电脑培训拓宽就业渠道

全国"阳光工程"的大力开展，成就了许多人的梦想。

方剑文是江西省铜鼓县排埠镇人。由于读书少，方剑文很早就到外面打工了，但没有学到什么技术，后来她嫁到了曾溪村。

在农村，都是男主外、女主内。女人嫁人之后，就是在家干家务活儿、带小孩子，根本没有机会再接触到外面新的东西，也更难学到更多的技术，慢慢地就会被时代所淘汰。

没有技术，加上信息的匮乏，很多妇女就这样一辈子当个家庭主妇。即使有些人想到外面找工作，也苦于没有一门专业技术而找不到理想的工作。

当金程电脑学校将电脑搬进了村里时，很多人都踊跃地报名参加培训学习。特别是方剑文，每天早早地到计算机教室学习，不懂就问。

由于方剑文年纪轻，又勤奋，很快就掌握了电脑的基本运用、五笔打字。

方剑文每天高高兴兴地来学习，总是最后一个才走。而且，她逢人就说：

国家的政策真是好啊！这样的机会真是太难得了，一定要好好把握。

方剑文说，以前家里穷，在厂里做普通工人也挣不来几个钱。学会了电脑后，就会找到一份更好的工作。

在"阳光工程"培训结业后，方剑文又学了一个月的数码照片处理。

后来，方剑文在县城的一个婚纱店里找了份工作，一个月能拿到 1200 块钱工资。这比在厂里做工人时强多了，而且还可以照顾家里。

由国家出钱，让农民免费学技术，使更多的人掌握了电脑、驾驶、电焊等多种技术，他们获得了更高的收入或更宽的就业渠道。慢慢地，这些农村人变得富裕起来。

吴炎红是铜鼓县排埠镇人，在广州一家电子厂打工 3 年多，一直在流水线上工作。

吴炎红在村子里参加了电脑培训班后，培训学校介绍她到一家厂里做文员。

坐在阳光明媚的办公室里，吴炎红回想这一切，不禁从心里感谢党和政府，感谢"阳光工程"。

吴炎红说，在广州打工的时候，看着办公室里的人穿着干净的衣服，不要加班，在小食堂里吃饭。而且工资还高，心里很是羡慕。

那些管生产的，在这个车间看看，到那个车间瞧瞧，或者统计一些数字，轻轻松松。可是吴炎红他们的工资，都卡在这些人的手里。

在 2009 年回家过年的时候，吴炎红就听人说，现在可以免费学电脑。于是，吴炎红就想：过了年开班时，我一定要参加。

正巧，在春节后，电脑学校把电脑搬到了村子里，只要走一公里多路就可以到，很是方便。

吴炎红说，开班的时候，"阳光办"的领导告诉他们，这是国家的惠农政策之一，为的就是让农村人到城里打工的时候，能找到更好的工作。

吴炎红说：

> 国家拨款让我们学技术，不止电脑，还有做衣服的、理发的和电焊什么的。
>
> 一下子，我就觉得心里亮堂了。政府是真正为我们着想的。

陈宗南是铜鼓县排埠镇南溪村人，40 多岁了，从来没有摸过电脑。

陈宗南的儿子在学校读书，常会跟他说在网上看了什么新闻，查了什么资料。这就引起了陈宗南对电脑的好奇心。

儿子也说叫父亲去学电脑，可是陈宗南总是不敢去，觉得自己年纪大了，书读得少，总怕学不会。

2008 年，陈宗南种了十多亩田的芋子，到要出售的时候，有些搞批发的找上门来，价格也还可以。

当陈宗南的儿子知道这件事后，就去网上查了一下，然后给了父亲一个电话号，说对方可能出的价钱更高。

陈宗南试着联系了一下，于是一个广东惠州的批发商过来，一次性全部收过去了，每公斤价格比在县城里贵了6毛钱。

这让陈宗南打心眼里感到，网络时代真是好。于是，陈宗南决定要去学电脑，学上网。

过年后不久，陈宗南就到村部学电脑，而且还不花一分钱。

陈宗南得知这就是国家的一项惠农政策，即"阳光工程"，由政府出钱埋单，免费为农民培训技能，为农民工的就业出路问题提供技术服务。

经过一个多月的培训学习，陈宗南学会了五笔打字、排版和做表格。

经过学习，陈宗南可以用电脑打合同了，排好版后，用打印机打出来，再也不用担心字写得不好看了。

陈宗南感慨地说：

> 我能学会这些东西，要归功于党的好政策——"阳光工程"。
>
> 我要以自己的实际行动，让更多的人都晓得"阳光工程"，都参与到"阳光工程"的学习中来！

职业教育改变人生轨迹

2004 年 9 月，薛天生来到互助职校电子电器专业学习。从此，他便立志要用一技之长，改变自己的命运。

家住苏州市台子乡新合村的薛天生和哥哥薛天智，原本有一个幸福美满的家庭，然而一场飞来的横祸，让他们家的一切都发生了改变。

那还是在 1999 年的秋天，薛天生的父母一大早就去田里拉麦捆，却不幸发生了车祸，母亲失去了年轻的生命。

就在母亲遇难刚刚 60 天时，薛天生的父亲因为承受不了生活的打击，也离他们而去。那一年，哥哥薛天智 16 岁，弟弟薛天生 12 岁。

不幸发生以后，兄弟俩分别被大伯和姨妈收养。可是，弟弟薛天生在姨妈家寄养了一年之后，又被送回到了大伯薛正才家。

当时，薛正才自己已经有两个孩子了，再加上薛天智和薛天生兄弟俩，4 个孩子的上学费用，让这个原本就十分贫寒的家庭根本无力承受。

薛天智在初中毕业前就辍学了，薛天生则坚持到初中毕业。正当家人为他俩的前途一筹莫展的时候，互助职业学校招生的信息为薛天生送来了福音。

薛天生很快到学校报了名。

学校领导在得知薛天生的遭遇后，不但减免了他的学费，还号召全校师生为他捐款。

2006年7月，已经掌握一技之长的薛天生，和其他35名同学一起，被学校安置到了嘉诠精密电子苏州有限公司顶岗实习，当了一名电工。

在企业里，薛天生努力好学、工作勤奋、为人诚恳，得到了车间主管的好评。实习期满后，薛天生便成为该公司的正式员工。

此时的薛天生，并没有满足于现状，他又通过刻苦的自学，考取了低压电工操作员证书和高压电工操作员证书。

随后，薛天生的工资也相应地增加了许多。公司也为他交了"三金"。

薛天生说，在2006年3月份，他鼓励哥哥也参加了互助职校"阳光工程"电工班的培训。

学校考虑到兄弟俩的实际情况，半年后也把哥哥薛天智安置到了苏州三轴电子有限公司，在下料车间当了一名作业员，每月工资1000多元。

兄弟俩租了一间房子，虽然不大，但却收拾得干干净净、整整齐齐。

爱好广泛的薛天生还从同事那里借来了一架电子琴，吃过晚饭，兄弟俩就在一起弹琴。

薛天生说，听着悠扬的琴声在房间里回荡，也是一种享受，让他们对未来充满了信心和勇气。

如果薛天智、薛天生兄弟俩当初没有选择互助职校，没有走出大山，那么，他们或许还不知道外面的世界有多么精彩，也无法体验到创业的快乐，更无法走出贫困。

这一切，都是因为接受了国家实施的"阳光工程"职业教育，这项教育使兄弟俩的人生轨迹发生了翻天覆地的改变……

培养技术型农民

在甘肃省庆城县的山水田园间,有3万多名"科技型"农民甩掉了贫穷的帽子,走上了致富路。

多年来,庆城县围绕"苹果、黄花、蔬菜、草畜"四大支柱产业,以及种、养殖和农产品深加工,依托县农函大、农广校、职业中专及农民专业技术协会等劳动力培训单位,在农村广大贫困户中大力实施科技"培育工程"。

对有初中以上文化、素质较好的青年,邀请省、市农业专家和技术人员,进行集中讲课。

对文化水平偏低的中年农民,则通过现场示范、发放电教片等行之有效的方法,进行实用技术培训。

全县几十名科技特派员,常年活跃在田间地头,手把手地为农民"传经送宝"。

同时,庆城县还通过开展"科技下乡""社科宣传周"活动,启动"万人绿色证书培训工程",对农村回乡知识青年、复转军人和农民致富能人等,进行了重点培训。

通过教育培训,全县有3万多人在林、果、菜、家畜禽及加工等方面掌握了实用技术,激发了广大农民学科学、用科学的积极性,一批农民依靠科技迅速走上了致富路。

驿马镇夏涝池村农民夏平，在参加县上的养殖培训后，养獭兔和毛兔 300 多只，养瘦肉猪 10 多头，年收入 3 万多元。

白马铺乡白马村果农肖宗耀，多次参加县乡举办的苹果无公害化生产方面的培训班，搞起了苹果滴灌技术、测土配方技术。在 2005 年，肖宗耀的苹果纯收入达到 7.6 万元。

在甘肃庆城县驿马镇韦老庄村，有个叫魏德重的人，他有一个响亮的头衔，即"养殖场技术总顾问"，而且是两家养殖场联合聘任的。

魏德重参加过兰州一所大学的养殖函授培训，阅读了大量养殖类书籍。

后来，魏德重又在实践中不断地摸爬滚打，掌握了一套行之有效的科学养猪方法。

凭着出色的养猪本领，魏德重被多家养殖场争相聘请，成为专职的养猪技术员。

魏德重最初学养猪技术，是从接受"阳光工程"培训开始的。

这个被庆城县农民亲切地称为"富脑工程"的培训，让两万余人接受了科学技术的启蒙，由此培养出了一批具有专业素质的技术型农民。

凭借科技兴农脱贫致富

2009 年阳春三月，在湖南省永州市江华瑶族自治县的这片土地上，乍暖还寒。

但是，人勤春来早。勤劳的瑶山农家女，在田野里、山林中，掀起了春耕生产的热潮。

瑶山农家女有的在集市上忙于选购新品良种良苗，有的则忙于测土配方施肥，有的忙于学习新型农机具的使用……

由于江华农村许多青壮年男性劳动力离家外出打工，留守的青壮年妇女则承担了大部分生产发展与管理任务。

这些妇女勤劳智慧，学科技，用科技，以科技来兴农脱贫致富，成为振兴民族农村经济的重要生力军。

一批以妇女为主的专业户、专业村层出不穷，妇女依靠庭院经济及其他农业生产获得的收入约占家庭总收入的三分之一。

广大的瑶山农村妇女，踊跃参加各类科技讲座、实用技术培训；她们积极赶科普大集，逛科技市场，乐于接受新品种、新技术；她们将掌握的新技术、新品种具体运用到种植、养殖、加工、流通等领域中，并积极推广。

瑶山妇女创造的产值，占农业生产总值的 50%

至 60%。

自 2007 年以来，江华瑶族自治县近 8000 名妇女接受了各类实用技术培训，其中 3700 多名妇女接受了农业新技术、新品种的专项培训。

4400 多名妇女参加了农函大、爱德基金、湘西劳动力转移及"阳光工程"、跨世界青年农民培训、科教培训，大大提高了妇女的科学文化素质。

许多妇女都掌握了一到两种实用技术与技能，以妇女为主的省、市、县各级科技示范户，如雨后春笋般不断涌现，达 1000 多户。

全县各类以妇女为主的专业技术协会和专业协会成员，达 1 万多人。

8000 名妇女脱贫致富，在农村经济改革与发展和新农业建设中，一大批懂技术、善经营、会管理的优秀妇女人才脱颖而出。

东田镇水东村妇女李菊英在 2008 年大胆承包了 304 亩水田。李菊英还在本村，率先科学种植优质烤烟。

科学技术使李菊英走上了致富路。在 2008 年，仅种烟一项，李菊英家就创产值 55 万元。

科学技术培训使广大的农家妇女翻了身，成了实施科学技术的模范。

一技之长带来富足人生

2009 年 2 月 20 日，住在四川省雅安市芦山县芦阳镇东街的农民工骆志浩，发出了这样的肺腑之言：

> 我尝到了有技术的甜头。找工作，有一技之长太重要了！

在骆志浩看来，一技在身，胜过千金。

骆志浩曾在外面奔波多年，从雅安到成都，从成都到浙江，世面是越见越多，但是收入却一直"停滞不前"。

骆志浩说，就因为没有一技之长，无论走到哪里，干的都是打杂的活儿，每月 1000 左右的工资，根本没有节余。有时还不够开销，常常出现"前月拉过后月粮"的情况。

2008 年，骆志浩务工的企业开始裁员，他于 9 月份回到芦山。

骆志浩说："多年在外打工的经历告诉我，没有一定的技术，只能管自己的温饱！"

骆志浩想利用返乡的这段时间，学一门实用技术，但是求学无门。此时，有人告诉他，县上免费为农民工

百姓受益

举办根雕培训班。

骆志浩听后，欣喜万分，他马上报名，前往培训班学习根雕技术。

骆志浩非常珍惜这次培训机会，他不懂就问。白天在师傅的带领下，勤动脑、勤动手、勤动口。晚上回家后，就啃专业书籍。

经过两个月的勤学苦钻，骆志浩终于成为一名雕刻能手。毕业后，骆志浩被一家大型根雕企业聘用，每个月工资已达到 2000 元以上。

骆志浩所在根雕企业的老板笑眯眯地说："他不仅学到了手艺，还找到了老婆呢！"

骆志浩坦率地说："老板的话一点不假，过去在外打工时，挣的钱连维持自己的生活都不够。自己一无所有，怎么会有女孩子看得上自己呢。

"现在，我有了一技之长，有了相对稳定的工作，去年我找到了对象，结了婚。这就是手艺为我带来的美好人生。"

而封兴勇，也是参加技术培训之后的受益者之一。

封兴勇满怀感激地说：

多亏政府举办了免费培训班，让我学会了焊接技术，今后收入有保障了。

封兴勇是天全县始阳镇新村村民。这个憨厚老实的农家汉子，曾因家庭的重担压弯了腰：71 岁的老母亲长期瘫痪在床，长女读高一，次子读初一。

因为家庭收入低，所以日子过得很是窘迫。想要买点肉吃，都要算了又算。

封兴勇帮人打过蜂窝煤，拉过人力三轮车。因为没有技术，封兴勇干的都是苦力活儿，尽管勤劳肯干，但收入仍然很低。

封兴勇说："我也想找工资待遇好的工作，但我没有技术啊！"

封兴勇说，返乡后，自己在家乡一家水泥厂生料车间任机修工。可是，因为自己技术不精，工作起来感到很吃力。

2007 年，封兴勇参加了镇上举办的李兆基基金百万农民培训项目的焊工培训班。

经过近两个月的理论和实践培训后，封兴勇的焊工技术有了明显的提高，工作起来也得心应手。封兴勇每月的工资，达到了 1600 元左右。

封兴勇高兴地说："企业离家不远，我每天下班回家，还能帮助妻子照顾母亲或种庄稼，解决了许多后顾之忧。"

天全县始阳镇兴中村三组村民高仕蓉是当地一个饭店的老板。因为饭店生意一天比一天好，她的生活也越来越宽裕。

曾经有段时间，高仕蓉的饭店因为菜肴味道一般而

百姓受益

难以吸引食客，生意一直很惨淡。

高仕蓉想外出打工，可又觉得自己岁数偏大，怕找不到工作，而且不能照顾家。在与丈夫思来想去之后，高仕蓉还是决定继续经营小饭店。

2007 年 11 月，高仕蓉参加了天全县始阳社区居委会举办的烹饪技术培训班。

通过认真的学习，高仕蓉的烹饪技术得到了很大的提高，做出来的饭菜也色香味俱全，因此吸引了不少回头客。小饭店的生意，也一天好过一天。

高仕蓉的饭店生意很是兴隆，她和丈夫每天都忙不过来，还请了小工。

高仕蓉高兴地说："饭店营业额是以前的两倍，除了自己的努力外，真得感谢党的好政策。"

"阳光工程"的大力开展，让更多的家庭获得了欢乐和富足。

本书主要参考资料

《金阳光工程·拓展就业系列》马哲锋等著 中原农
　　民出版社

《福建阳光工程丛书》杨根生主编 福建科学技术出
　　版社

《中国农村剩余劳动力转移研究》雷武科著 中国农
　　业出版社

《农村剩余劳动力转移新论》刘怀廉著 中国经济出
　　版社

《农村劳动力转移培训实践》全国农村劳动力转移培
　　训阳光工程办公室编 中国农业出版社

《中国农村剩余劳动力乡城转移问题研究》王萍著
　　东北财经大学出版社